U0895587

四部要籍選刊·集部　蔣鵬翔　主編

施註蘇詩

四

〔宋〕蘇軾　著

〔宋〕施元之　注

浙江大學出版社

本册目録

卷十三

卷十四

卷十五

卷十六

卷十七

卷十八

卷十九

卷二十

施註蘇詩卷之十三

漫堂先生宋　犖　閱定　長洲顧嗣立

樸園先生張榕端　閱定　毗陵邵長蘅　刪補

商丘宋　至

詩四十一首時守彭城作

初別子由

我少知子由。天資和而淸。好學老益堅。表裏漸融明。豈獨爲吾弟。要是賢友生。不見六七年。微言誰與賡。常恐坦率性。放縱不自程。會合亦何事。無言對空枰。使人之意消。不善無由萌。森然有六女。包裹布與荆。無憂賴賢婦。藜藿等大烹使子得行意。青衫陋公卿。明日無晨炊。倒牀作雷鳴。秋眠我東閣。夜聽風雨聲。懸知不久別。妙理難一作重細評。昨日忽出門。孤舟轉西城。歸來北堂上。古屋空崢嶸。退食悞相從。入門中自驚。南都信繁會。人事水火爭。念當閉閤坐。頽然寄聾盲。妻子亦細事。文章固虛名。會須掃白髮。不復用黃精。

詩小雅雖有兄弟不如友生王注子由題先生像贊亦云人曰吾兄我曰吾師朝野僉載唐德宗夏中微行西明寺宋濟方葛巾捉鼻抄書上曰措大茶未一椀濟曰鼎水方煎有茶可自潑之又問作何事業是何姓行濟曰姓宋第五應進士舉須臾聞呼官家濟皇恐起拜上曰宋五大坦率後聞禮部放榜上令探濟無名曰宋五又坦率也韋弘嗣博奕論所志不出一枰之上所務不過方罫之間唐韻枰博局也莊子田子方篇東郭順子其爲人也正容以悟物使人之意也消後漢梁鴻傳妻荆釵布裙風雨聲用韋應物詩意王注南都則南京也時子由從張文定簽書南京判爲此别也韓集石鼎聯句妄使水火爭五代史弘肇傳會飲王章第

蘇逢吉戲之弘肇大怒以醜語詬逢吉由是將相如水火杜子美丈人山詩掃除白髮黄精在君看他時冰雪容

次韻呂梁仲屯田

雨葉風花日夜稀。一杯相屬竟何時。空虛豈敢酬瓊玉。枯朽猶能出菌芝。門外呂梁從迅急。胸中雲夢自逶遲。待君筆力追靈運。莫負南臺九日期。

庾信屏風詩風花直亂回唐孟遲懷鄭泊詩風蘭舞幽香雨葉墮寒滴柳子厚與蕭俛書雖朽枿敗腐猶足蒸出芝菌以為瑞物呂梁雲夢注並見前宋武述征記九月九日王登戲馬臺宴百僚賦詩作者百餘人謝靈運最為工

章質夫寄惠崔徽眞

崔徽注已見

玉釵半脫雲垂耳。亭亭芙蓉在秋水。當時薄命一酸辛。千古華堂奉君子。水邊何處無麗人。近前試看丞相嗔。

不如丹青不解語世間言語原非眞知君被惱更愁絕卷贈老夫驚老拙爲君援筆賦梅花未害廣平心似鐵

郭子橫洞冥記元鼎元年起招靈閣有神女留一玉釵與帝帝以賜趙倢伃至昭帝元鳳中宮人猶見此釵共謀欲碎之明日視釵匣惟見白燕直飛昇天後宮人作釵因名玉燕釵李賀詩寒鬢斜釵玉燕光華嶽靈姻傳雲髮垂耳李太白詩清水出芙蓉天然去雕飾又李樂府有妾薄命篇杜子美麗人行三月三日天氣新長安水邊多麗人又愼莫近前丞相嗔楊貴妃遺事太液池有千葉白蓮帝指妃示左右曰何如我解語花杜子美絕句江上被花惱不徹無處告訴只顛狂唐皮日休桃花賦序余嘗嘉宋廣平之爲相貞姿勁質剛態毅狀疑其鐵腸石心不解吐婉媚詞然梅花賦清便富艷得南朝徐庾體殊不類其爲人也

王鞏屢約重九見訪既而不至以詩送將官梁交且見寄次韻荅之交頗文雅不類武人家有侍者甚惠麗

知君月下見傾城破恨懸知酒有兵老守亡何惟日飲

將軍競病自詩鳴花枝不共秋欹帽筆陣空來夜斫營愛惜微官將底用他年只好寫銘旌

南史江淹議有言酒猶兵也兵可千日而不用不可一日而不備酒可千日而不飲不可一飲而不醉唐韓偓詩酒衝愁陣出奇兵日飲競病注竝再見韓退之送孟東野序東野始以其詩鳴其高出魏晉不懈而及於古杜子美醉歌行筆陣獨掃千人軍吳志甘寧傳受敕出斫敵前營至二更時銜枚出斫敵敵驚動遂退白樂天詩晝聽笙歌夜斫營禮記銘明旌也以死者爲不可別已故以其旗識之杜牧之詩黃壤不霑新雨露粉書空換舊銘旌

臺頭寺雨中送李邦直赴史館分韻得憶字人字兼寄孫巨源二首

霜林日夜西風急老送君歸百憂集清歌窈眇入行雲雲爲不行天爲泣紅葉黃花秋正亂白魚紫蟹君須憶憑君說向髯將軍衰鬢相逢應不識

杜子美詩悲見生涯百憂集漢元帝紀帝自度曲被歌聲分刌節度窮極幼眇外戚傳武帝悼李夫人賦惟幼眇之相羊註幼眇猶窈窕也列子秦青撫節悲歌聲振林木響遏行雲五行志無雲而雨爲雨泣髯將軍注再見白樂天詩相逢應不識滿頷白髭鬚

珥筆西歸近紫宸。太平典冊不緣麟。付君此事寧論晉載我當時舊過秦。門外想無千斛米。墓中知有百年人看君兩一作雙眼明如鏡。休把春秋坐素臣。

文選曹植表執鞭珥筆註戴筆也潘岳贈陸機詩優游省闥珥筆華軒史記孔子世家西狩獲麟曰吾道窮矣乃因史記作春秋晉陳壽傳壽撰三國志時人稱其善敍事有良史之才張華深善之謂壽曰當以晉書相付耳賈誼過秦論史記秦本紀漢書項籍傳皆載其略晉陳壽傳丁儀丁廙有盛名於魏陳壽謂其子曰可覓千斛米當爲尊公作佳傳子不與竟不作傳集異記鄭郊過一冢上有竹兩竿青翠可愛吟曰墓上兩竿竹風吹長梟梟久不能續忽聞冢中人賡之曰下有百年人長眠不知曉王注詩意言必不如陳壽之希求當念墓中之人而發其潛光也韓退之論史書左丘明紀春秋時事以失明杜預左氏傳序說者以爲仲尼自衛反魯脩春秋立素王丘明爲素臣漢昭帝紀大將軍國家忠臣敢有譖毀者坐之公詩案熙寧十年九月內李清臣差知國史軾作詩送清臣云付若此事寧論

晉載我嘗時舊過秦軾於仁宗朝嘗進論往古得失軾妄以賈誼自比意欲李清臣於國史中載軾所進論也

代書荅梁先

此身與世眞悠悠。蒼顏華髮誰汝留。強名太守古徐州。忘歸不如楚沐猴。會人豈獨不知丘。蹸藉夫子無罪尤。異哉梁子清而脩。不遠千里從我游。瞭然正色懸雙眸。世之所馳子獨不。一經通明傳節侯。小楷精絕規摹歐。公自注梁生學歐陽公書我衰廢學懶且媮。畏見問事賈長頭。別來紅葉黃花秋。夜夢見之起坐愁。遺我駮石盆與甌。黑質白章聲琳球。謂言山石生澗溝。追琢尚可王公羞。感子佳意能無酬。反將木瓜報珍投。學如富貴一作賈在博收。仰取俯拾無遺籌。道大如天不可求。修其可見致其幽。願子篤實愼勿浮。發憤忘食樂忘憂。漢百官表郡守秦官景帝中二年更名太守家語魯人不識孔子聖人乃曰彼東家丘者吾知之矣莊子讓王篇夫子再逐於魯殺夫子者無罪藉夫子者無禁漢韋賢傳號稱鄒魯大儒子玄成復以明經位至丞相賢薨謚節侯漢韓信傳褕衣靡食注褕苟且也賈長頭注見十卷贈上天竺辯才詩漢司馬相如傳白質黑章其儀可喜詩大雅追琢其章金玉其相左傳隱三年苟有明信澗谿沼沚之毛可薦於鬼神可羞於王公左太冲蜀都賦蕢實時味王公羞焉詩國風投我以木瓜報之以瓊琚漢書貨殖傳魯人俗儉嗇而丙氏尤甚家自父兄子弟約頫有拾卬有取

九日邀仲屯田爲大水所隔以詩見寄次其韻

無復龍山對孟嘉。西來河伯意雄夸。霜風可使吹黃帽。公自注舟人黃帽土勝水也樽酒那能泛浪花。漫遣鯉魚傳尺素。却將燕石報瓊華。何時得見悲秋老。醉裏題詩字半斜。

河伯用莊子秋水篇詳七卷八月十五日看潮詩注杜子美詩纜侵隄柳繫幔卷浪花浮詩國風尚之以瓊華乎而闕子宋之愚人得燕石梧臺之東歸而藏之以爲大寶杜九日詩老去悲秋強自寬又詩作詩呻吟内墨淡字欹傾

河復 并序

熙寧十年秋河决澶淵、注鉅野、入淮泗自澶魏以北、皆絕流而濟、楚大被其害、彭門城下水二丈八尺、七十餘日不退、吏民疲於守禦、十月十三日澶州大風終日、既止而河流一枝、已復故道、聞之喜甚、庶幾可塞乎、乃作河復詩、歌之道路、以致民願而迎神休、蓋守土者之志也

君不見西漢元光元封間。河决瓠子二十年。鉅野東傾

淮泗滿。楚人恣食黃河鱣。萬里沙回封禪罷。初遣越巫沈白馬。河公未許人力窮。薪芻萬計隨流下。吾君仁聖如帝堯。百神受職河神驕。帝遣風師下約束。北流夜起澶州橋。東風吹凍收微淥。神功不用淇園竹。楚人種麥滿河淤。仰看浮槎棲古木。

溝洫志孝武帝元光中河決瓠子東南注鉅野通於淮泗上使汲黯鄭當時興人徒塞之輒復壞後二十餘年歲因以數不登上旣封禪巡祭山川其明年乾封少雨乃使汲仁郭昌發卒數萬塞瓠子決河於是上以用事萬里沙則還自臨決河湛白馬玉璧令羣臣從官自將軍以下皆負薪窴決河是時東郡燒草以故薪柴少而下淇園之竹以爲楗帝悼功之不成作歌曰皇謂河公兮何不仁又曰河公許兮薪不屬卒塞瓠子築宮其上名曰宣防柳子厚詩渡頭水落村徑成掩亂浮槎在高樹

登望谼亭

此詩墨蹟乃欽宗東宮舊藏今在曾文清家宿嘗刻石餘姚縣治東坡題云僕在彭城大水後登望谼亭偶留

此詩已而忘之其後徐人有誦之者徐思之乃知其爲僕詩也集中無之以入河復詩後

河漲西來失舊谼孤城渾在水光中忽然歸壑無尋處千里禾麻一半空

韓幹馬十四匹

二馬並驅攢八蹄二馬宛頸騣尾齊一馬任前雙舉後一馬却避長鳴嘶老髯奚官騎且顧前身作馬通馬語後有八匹飲且行微流赴吻若有聲前者既濟出林鶴後者欲涉鶴俛啄最後一匹馬中龍不嘶不動尾搖風韓生畫馬眞是馬蘇子作詩如見畫世無伯樂亦無韓此詩此畫誰當看

韓非子伯樂教二人相踶馬相與之簡子廄觀馬一人舉踶馬其一人從後而循之三撫其尻而馬不踶此自以爲失相其一人曰子非失相也此其爲馬也踒肩而腫膝夫踶馬也者舉後而任前踵膝不可任也故後不舉王充論衡漢楊翁偉乘蹇馬出遇放馬翁偉謂其御曰放馬目眇御曰何以知之曰彼罵轅中馬曰蹇此馬亦罵之曰眇其御往視之果眇馬也北夢瑣言浙人劉三復能記三生事云曾爲馬馬常患渴望驛而嘶傷其蹏則連心痛漢東方朔傳尻益高者鶴俛啄也杜子美丹青引斯須九重眞龍出一洗萬古凡馬空又天育驃騎歌是何意態雄且傑駿尾蕭梢朔風起

有言郡東北荆山下可以溝畎積水因與吳正字王戸曹同往相視以地多亂石不果還游聖女山山有石室如墓而無棺槨或云宋司馬桓魋墓二子有詩次其韻二首 按公遊桓山記云元豐二年正月己亥春服既成從二三子云云有詩別見十六卷王注入此誤

側手區區未易遮。奔流一瞬卷千家。共疑智伯初圍趙。

猶有張湯欲漕斜。巳坐迂踈來此地。分將勞苦送生涯。使君下策眞堪笑。隱隱驚雷響踏車。

時河決水方退謗有側手障黄河之語戰國策智子攻趙襄子走晉陽圍而灌之城不浸者三版漢溝洫志有上書欲通褒斜道及漕事下御史大夫張湯言褒水通沔斜水通渭皆可以行船漕上以爲然拜湯子卬爲漢中守發數萬人作褒斜道五百餘里又待詔賈讓言治河有上中下策若乃繕完故堤增畀倍薄勞費無已數逢其害此最下策也

范范清泗遶孤岑。歸路相將得暫臨。試著芒鞋穿犖确。更然松炬照幽深。縱令司馬能鑱石。奈一作會有中郎解摸金。強寫蒼崖留歲月。他年誰識此時心。

九域志徐州泗水今呼清河南史顧歡好學而貧夕則燃松節讀書禮記孔子居於宋見桓司馬自爲石槨三年而不成夫子曰若是其靡也死不如速朽之愈也三國陳琳爲袁紹作檄書言曹操置發丘中郎將摸金校尉所過隳突無骸不露

贈寫御容妙善師

憶昔射策干先皇。珠簾翠幄分兩廂。紫衣中使下傳詔。跪奉冉冉聞天香。仰觀眩晃目生暈。但見曉色開扶桑。迎陽晚出步就坐。絳紗玉斧光照廊。野人不識日月角。彷髴尚記重瞳光。三年歸來眞一夢。橋山松檜淒風霜。天容玉色誰敢畫。老師古寺晝閉一作閑房。夢中神授心有得。覺來信手筆已忘。幅巾常服儼不動。孤臣入門涕自滂。元老侑坐鬚眉古。虎臣立侍一作侍立冠劍長。平生慣寫龍鳳質。肎顧草間猿與麞。都人踏破鐵門限。黃金白璧空堆牀。爾來摹寫亦到我。謂是先帝白髮郎。不須覽鏡坐自了。明年乞身歸故鄉。

西京雜記漢昭陽殿織珠爲簾左思吴都賦藹藹翠幄爾雅東西廂謂之序楚辭九歌暾將出兮東方照吾檻兮扶桑迎陽禁中門名唐唐儉傳高祖嘗召訪之儉曰公日角龍庭姓協圖讖係天下望久矣漢項羽傳舜重瞳子項羽亦重瞳子史記黄帝崩葬橋山詩國風涕泗滂沱唐書太宗方四歲有書生相之曰龍鳳之姿天日之表必能濟世安民李揆傳龍章鳳姿尚不見用麞頭鼠目子乃求官耶文房四譜隋僧智永善書人求題頭門限穿穴乃以鐵葉裹之號鐵門限白髮郎用顏駟事詳十一卷董儲郎中詩註杜子美詩上疏乞骸骨黄冠歸故鄉

哭刁景純

刁景純名約丹徒人少卓越刻苦學問能文章始應舉京師與歐陽永叔富彦國聲譽相高下天聖二年登進士第屈於爲郎施不大耀士友歎惜而景純未嘗以爲恨好急人之難海内識與不識多歸之不治產業賓客故人常滿其門尊酒燕娛無虛時重義輕施有古人之風壽八十四

讀書想前輩。每恨生不蚤。紛紛少年場。猶得見此老。此老如松柏。不受霜雪槁。直從毫末中。自養到合抱。宏材乏近用。千歲自枯倒。文章餘正始。風節貫華皓。平生爲人耳。自爲薄如縞。是非。雖難齊。反覆看愈好。前年旅吴越。把酒慶壽考。扣門無晨夜。百過迹未掃。但知從德公。未省厭丘嫂。別時公八十。後會知難保。昨日故人書。連年喪翁媼。【公自注】景純妻先亡傷心范橋水。漾漾舞寒藻。華堂不見人。瘦馬空戀皁。我欲江東去。匏樽酌行潦。鏡湖無賀監。慟哭稽山道。忍見萬松岡。荒池沒秋草。

老子【合抱之木生於毫末】【晉衛玠傳】謝鯤雅重玠相見欣然言論彌日王敦曰不意永嘉之末復聞正始之音再見【德公】詳見十一卷題藏春塢詩注【漢楚元王傳】高祖微時常避事時時與賓客過其丘嫂食嫂厭叔與客來陽爲羹盡轑釜客以故去已而視釜有羹由是怨嫂【范橋】潤州范公橋以文正公得名【揚雄方言】梁宋齊楚之間謂櫪曰皁【唐書】賀知章字季眞天寶初上章請度爲道士有詔賜鏡湖剡川一曲【李白詩】欲向江東去定將誰舉杯稽山無賀老卻棹酒船回【晉阮籍傳】

車迹所窮輒慟哭而返萬松岡在景純藏春塢見八卷景純見和詩

答呂梁仲屯田

亂山合沓圍彭門官居獨在懸水村公自注懸水村呂梁地名居民蕭條雜麋鹿小市冷落無雞豚黃河西來初不覺但訝清泗流奔渾夜聞沙岸鳴甕盎曉看雪浪浮鵬鵾呂梁自古喉吻地萬頃一抹何由吞坐觀入市卷閭井吏民走盡餘王尊計窮路斷欲安適吟詩破屋愁鳶蹲歲寒霜重水歸壑但見屋瓦留沙痕入城相對如夢寐我亦僅免爲魚黿旋呼歌舞雜詼笑不惜飲醑空缾盆念君官舍冰雪冷新詩美酒聊相溫人生如寄何不樂任使絳

蠟燒黃昏宣房未築淮泗滿。故道堙滅瘡痍存。明年勞苦應更甚。我當畚鍤先黥髡。付君萬指伐頑石。千鎚雷動蒼山根。高城如鐵洪口快。談笑卻掃看崩奔。農夫掉臂免狼顧。秋穀布野如雲屯。還須更置軟腳酒。爲君擊鼓行金樽。

韓退之詩餘瀾怒不已喧聒鳴聾盎漢嚴延年傳河南天下喉咽地顏師古曰言其所在襟要如人體之有喉咽也漢王尊傳爲東郡太守河水盛溢泛浸瓠子金堤老弱奔走尊投沈白馬祀水神河伯尊執圭璧使巫策祝請以身塡金堤因止宿堤上堤壞吏民皆奔走唯一主簿泣在尊旁立不動而水波稍卻回還杜子美羌村詩夜闌更秉燭相對如夢寐左傳昭二年劉子曰微禹吾其魚乎禮記盛於盆尊於缻杜子美遭田父泥飲詩叫婦開大缻盆中爲吾取宣房卽宣防見本卷河復詩注又瓠子歌曰齧桑浮兮淮泗滿謝靈運詩圻岸屢崩奔軟腳字見唐書楊國忠傳詳五卷鹽官部役戲呈同事詩注

張寺丞益齋

張寺丞名恕字忠甫文定公安道子

張子作齋舍而以益爲名吾聞之夫子求益非速成譬如遠游客日夜事征行今年適燕薊明年走蠻荆東觀盡滄海西涉渭與涇歸來閉戶坐八方在軒庭又如學醫人識病由飽更風雨晦明淫跛躄瘖聾盲虛實在其脉靜躁在其情榮枯在其色壽夭在其形苟能閱千人望見知死生爲學務日益此言當自程爲道貴日損此理在既盈願言書此詩以爲益齋銘

左傳昭元年天有六氣淫生六疾氣曰陰陽風雨晦明也分爲四時序爲五節過則爲災史記扁鵲傳扁鵲望見桓侯而退走曰疾在骨髓雖司命無柰之何互見四卷和劉道原詠史詩注老子爲學日益爲道日損

荅孔周翰求書與詩

身閑曷不長閉口。天寒正好深藏手。吟詩寫字有底忙。未脫多生宿塵垢。不嘗譏訶子厚疾。反更刻畫無鹽醜。征西自有家雞肥。太白應驚飯山瘦。與君相從知幾日。東風待得花開否。撥棄萬事勿復談。百觚之後那詞一作辭酒。

史記張儀傳願陳子閉口無復言韓退之詩有底忙時不肯來柳子厚答崔書凡人好辭工書皆病癖也吾不幸蚤得二病學道以來日思砭鍼攻熨卒不能去吾子乃始欽欽思易吾病不亦惑乎又互見二卷石蒼舒醉墨堂詩注晉周顗傳庾亮謂顗曰諸人咸以君方樂廣顗曰何乃刻畫無鹽唐突西施家雞詳八卷柳氏二外甥求筆跡詩注飯山瘦用李白飯顆山頭詩意詳九卷次韻沈長官注孔叢子昔平原君與子高飲強子高酒曰昔有遺諺堯舜千鍾孔子百觚子路嗑嗑尚飲百榼古之賢聖無不能飲子何辭焉

送李公恕赴闕

君才有如切玉刀。見之凜凜寒生毛。願隨壯士斬蛟蜃。不願腰間纏錦條。用違其才志不展。坐與胥吏同疲勞。忽然眉上有黃氣。吾君漸欲收英髦。立談左右俱動色。一語徑破千言牢。我頃分符在東武。脫略萬事惟嬉遨。盡壞屛障通內外。仍呼騎曹爲馬曹。君爲使者見不問。反更對飲持雙螯。酒酣箕坐語驚衆。雜以嘲諷窮詩騷。世上小兒多忌諱。獨能容我眞賢豪。爲我買田臨汶水。逝將歸去誅蓬蒿。安能終老塵土下。俛仰隨人如桔槔。

列子湯問篇周穆王征西戎西戎獻錕鋙之劍用之切玉如切泥焉東方朔十洲記亦云呂氏春秋荆有佽飛者得寶劍於江干渡中流兩蛟繞舟佽飛拔劍赴江刺蛟殺之王粲刀銘陸剸犀兕水截鯨鯢杜甫大食寶刀詩蒼水使者捫赤條晉殷浩傳桓温曰浩有德有言向使作令僕足以儀刑百揆朝廷用違其才韓退之

郾城晚飲詩城上赤雲呈勝氣眉間黃色見歸期韓退之淮西碑萬口和附并爲一談牢不可破晉阮籍傳文帝輔政籍嘗從容言於帝曰籍曾遊東平樂其風土帝大悅即拜東平相籍乘驢到郡壞府舍屏障內外相望法令清簡旬日而還馬曹王子猷事對飲用曹參史舍歌呼意持螯用畢卓語並見前注漢書張耳傳高祖箕踞罵詈注箕踞者謂曲兩腳其形如箕莊子天運篇子獨不見夫桔槔者乎引之則俯舍之則仰

春菜

蔓菁宿根已生葉。韮牙戴土拳如蕨。爛蒸香薺白魚肥。碎點青蒿涼餅滑。宿酒初消春睡起。細履幽畦掇芳辣。茵陳甘菊不負渠。鱠縷堆盤纖手抹。北方苦寒今未已。雪底波稜如鐵甲。豈如吾蜀富冬蔬。霜葉露芽寒更茁。久拋松菊猶細事。苦筍江豚那忍說。明年投劾徑須歸。莫待齒搖并髮脫。

禮坊記注葑蔓菁也陳宋之間謂之葑劉夢得嘉話錄諸葛亮所止令軍士獨種蔓菁三蜀之人今呼爲諸葛菜南史周顒傳文惠太子問顒菜食何味最勝顒曰春初蚤韭秋末晚菘李白詩不知舊行徑初拳幾枝蕨杜牧晚晴賦雨晴秋容新沐兮折遶園而細履劉禹錫嘉話菜之波稜者本西竺國僧自波稜國將其子來如苜蓿因張騫而至也韓退之祭十二郎文吾年未四十而視茫茫而髮蒼蒼而齒牙動搖又齒落詩餘在皆動搖盡落應始止

送鄭戶曹 鄭戶曹名瑾彭城人

遊遍錢塘湖上山。歸來文字帶芳鮮。羸僮瘦馬從吾飲。陋巷何人似子賢。公業有田常乏食。廣文好客竟無氈。東歸不趁花時節。開盡春風誰與妍。

後漢鄭太守公業結交賢豪家富於財有田四百頃而食常不足唐鄭虔傳玄宗置廣文館以虔爲博士故號鄭廣文在官貧約杜甫戲簡以詩曰才名四十年坐客寒無氈

虔州八境圖八首 并引

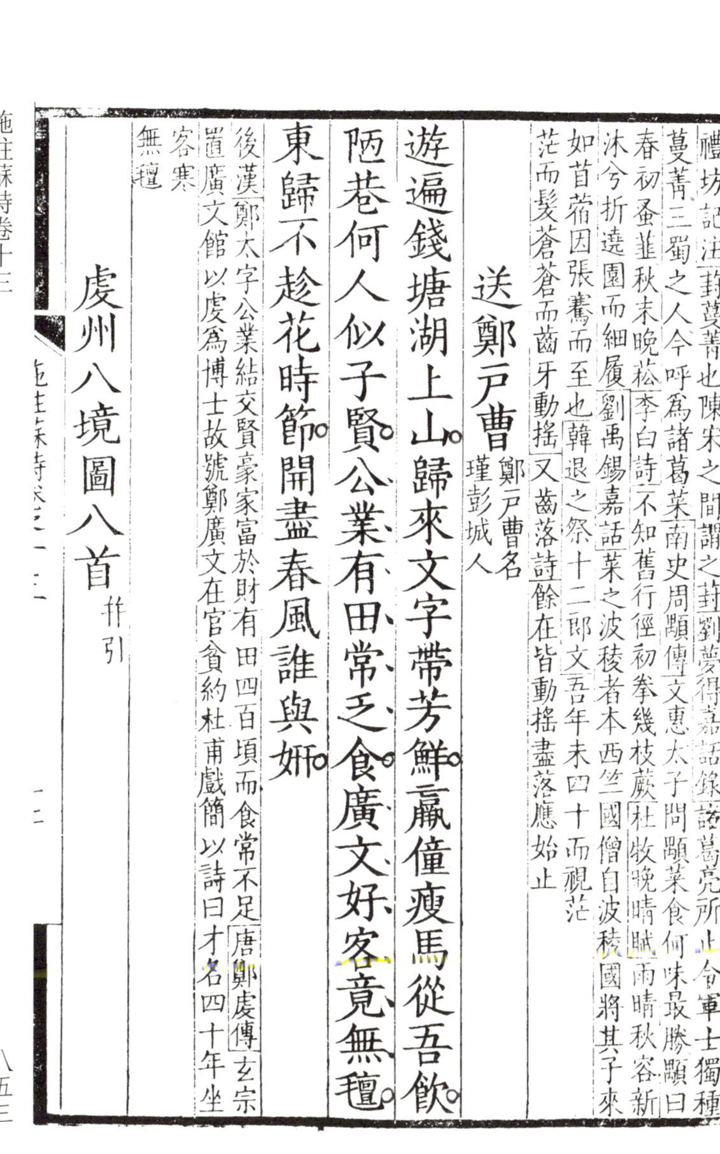

南康八境圖者、太守孔君之所作也、君既作石城、即其城上樓觀臺榭之所見、而作是圖也、東望七閩、南望五嶺、覽羣山之參差、俯章貢之奔流、雲煙出沒、草木蕃麗、邑屋相望、雞犬之聲相聞、觀此圖也、可以茫然而思、粲然而笑、慨然而歎矣、蘇子曰、此南康之一境也、何從而八乎、所自觀之者異也、且子不見夫日乎、其旦如盤、其中如珠、其夕如破璧、此豈三日也哉、苟知夫境之爲八也、則凡寒暑朝夕雨暘晦明之異、坐作行立哀樂喜怒之接於吾目而感於吾心者、有不可勝數者矣、豈特八乎如知夫八之出乎一也、則夫四海之外、詼詭譎怪禹貢之所書、鄒衍之所談、相如之所賦、雖至千萬未有不一者也、後之君子、必將有感於斯焉、乃作詩八章、題之圖上、

坐看奔湍一作灘遶石樓。使君高會百無憂。三犀竊鄙秦太守。八詠聊同沈隱侯。

華陽國志秦孝文王時李冰爲蜀守作石犀牛以厭水精穿石犀谿於江南岸杜子美石犀行君不見秦時蜀太守刻石立作三犀牛夔州圖經八詠樓在州南碑宋沈約文南史沈約謚曰隱集中有東陽八詠

濤頭寂寞打城還。章貢臺前暮靄寒。勸客登臨無限思。孤雲落日是長安。

劉禹錫詩山圍故國周遭在潮打空城寂寞回南康記贛縣東南山有臺方數丈有自然霞如屋形章貢臺乃章貢二水合流處李太白詩長空去鳥沒落日孤雲邊

白鵲樓前翠作堆。縈雲嶺路若爲開。故人應在千山外。不寄梅花遠信來。

朱樓深處日微明。皁蓋歸時酒半醒。薄暮樵漁人去盡。碧谿青嶂遶螺亭。

寰宇記昔有貧女暮宿亭採螺見衆螺張口噏其肉貧女死因葬水旁其冢化爲巨石號曰螺亭石山在贛縣東南二十里

使君那暇日參禪。一望叢林一悵然。成佛莫教靈運後著鞭從使祖生先。

大莊嚴論如是衆生者乃勝智叢林一切諸善行運集在其中南史謝靈運傳會稽太守孟顗事佛精懇而爲靈運所輕嘗謂顗曰得道應須慧業丈人生天當在靈運前成佛必在靈運後晉劉琨傳與祖逖爲友聞逖被用與親故書曰吾枕戈待旦常恐祖生先吾著鞭

卻從塵外望塵中。無限樓臺煙雨濛。山水照人迷向背。只尋孤塔認西東。

杜牧之江南春詞南朝四百八十寺多少樓臺煙雨中詩豳風零雨其濛唐皇甫冉詩山川迷向背風霧失旌旗

煙雲縹緲鬱孤臺。積翠浮空雨半開。想見之罘觀海市。絳宮明滅是蓬萊。

漢郊祀志八神五曰陽主祠之罘山史記天官書海傍蜃氣象樓臺廣野氣成宮闕之罘在登州海中時時有雲氣如宮室臺觀城堞人物車馬冠蓋歷歷可見謂之海市

回峰亂嶂鬱參差。雲外高人世得知。誰向空山弄明月。山中木客解吟詩。

徐鉉帖鄱陽山中有木客自言秦時造阿房宮者食木實遂得不死時就民間飲酒爲詩一章云酒盡君莫沽壺傾我當發城市多囂塵還山弄明月顧況集亦云

南康記贑縣東南山上有臺風雨之後景氣明淨頗聞山上鼓吹聲卽山都木客吟唱也

讀孟郊詩二首

夜讀孟郊詩。細字如牛毛。寒燈照昏花。佳處時一遭。孤芳擢荒穢。苦語餘詩騷。水清石鑿鑿。湍激不受篙。初如食小魚。所得不償勞。又似煮彭蠘。竟日嚼空螯。要當鬬僧清。未足當韓豪。人生如朝露。日夜火消膏。何苦將兩耳。聽此寒蟲號。不如且置之。飲我玉色一作卮醪。

杜子美述古詩秦時任商鞅法令如牛毛古樂府豔歌行水清石自見詩國風白石鑿鑿唐書韓愈一見孟郊爲忘形交賈島亦韓門弟子島初爲浮屠名無本皆附愈傳

我憎孟郊詩。復作孟郊語。饑腸自鳴喚。空壁轉飢鼠。詩從肺腑出。出輒愁肺腑。有如黃河魚。出膏以自煮。尚愛銅斗歌。鄙俚頗近古。桃弓射鴨罷。獨速短蓑一作莎舞。不憂踏船翻。踏浪不踏土。吳姬霜雪白。赤脚浣白紵。嫁與踏浪兒。不識離別苦。歌君江湖曲。感我長羈旅。

孟東野詩銅斗飲江酒手拍銅斗歌儂是拍浪兒飲則拜浪婆脚踏小船頭獨速舞短莎又短蓑不怕雨白鷺相爭飛短楫畫菰蒲鬬作豪横歸笑伊水健兒浪戰求光輝不如竹枝弓射鴨無是非又射鴨復射鴨鴨驚菰蒲頭鴛鴦亦零落彩邑難相求儂是清浪兒每踏清浪遊笑伊鄉貢郎踏土稱風流如何丱角翁至死不裏頭李白通塘曲浦邊清水明素足別有浣紗吳女郎又越女詞耶谿女如雪屐上足如霜東野詩數年伊洛同一旦江湖乖江湖有故莊小女啼喈喈

訪張山人得山中字二首

魚龍隨水落。猿鶴喜君還。舊隱丘墟外。新堂紫翠間。野麋馴杖屨一作屐。幽桂出榛菅。灑掃門前路。山公亦愛山。公自

注張故居爲大水所壞新卜此室故居之東韓退之詩豈念幽桂遺榛菅王注山公山簡也公自謂

萬木鏁雲龍公自注山名天畱與戴公路迷山向背人在瀼西東薺麥餘春雪櫻桃落晚風入城都不記歸路醉眠中

南史戴顒常憩京口黃鵠山竹林精舍郡邑志潤州有戴公山注詳八卷同柳子玉遊鶴林招隱詩杜子美夔州絕句瀼東瀼西一萬家江南江北春冬花

送孔郎中赴陝郊

孔郎中宗翰已見十一卷荆林馬上見寄詩注此詩疑其自密移陝過徐州與先生會也

驚風擊面黃沙走西出崤函脫塵垢使君來自古徐州聲震河潼殷關右十里長亭聞鼓角一川秀色明花柳北臨飛檻卷黃流南望青山如峴首東風吹開錦繡谷淥水翻動蒲萄酒訟庭生草數開樽過客如雲牢閉口

漢衛青傳大風起砂礫擊面賈誼過秦論秦孝公據崤函之固崤謂二殽函謂函谷關王注古有南徐北徐南徐潤州北徐彭城時自彭城而往故云古徐潼關在華州華陰縣河水自龍門南流激華山而東故名河潼庾信哀江南賦十里五里長亭短亭樂府解題横吹曲有鼓角唐樂令諸道行軍給鼓角三萬人以上角十四具鼓二十四面襄沔記峴山在襄陽下臨漢王注陝州去郡二十里有山亦名峴以其狀類峴首故得名

與梁左藏會飲傳國博家

將軍破賊自草檄論詩說劍俱第一彭城老守本虛名
識字劣能欺項籍風流別駕貴公子欲把笙歌暖鋒鏑
紅旆朝開猛士噪翠帷暮卷佳人出東堂醉臥呼不起
嗁鳥落花春寂寂試教長笛傍耳根一聲吹裂階前石

晉樂廣傳天下言風流者王樂爲稱首庾亮與郭游書別駕任居刺史之半嵇康傳潁川鍾會貴公子也裂石用李謩事已見八卷同柳子玉游鶴林招隱詩注

寒食日答李公擇三絕次韻

從來蘇李得名雙。只恐全齊笑陋邦。詩似懸河供不辦

故欺張籍隴頭瀧。

王注 前漢蘇武李陵能詩謂之蘇李唐蘇味道李嶠俱以文章顯時亦號蘇李又蘇頲李乂對掌文誥明皇謂頲曰前此李嶠蘇味道文擅當時號蘇李今有卿及乂何媿前人哉 世說 郭子玄語議如懸河瀉水注而不竭 唐王勃傳 張說評楊炯曰文如懸河之不竭 韓退之贈張十八詩 君乃崑崙渠籍乃隴頭瀧

簿書鼛鼓不知春。佳句相呼賴故人。寒食德公方上冢

歸來誰主復誰賓。

周禮 鼓人以鼛鼓鼓役事 德公注屢見

巡城已困塵埃眯。執扑仍遭蟣蝨緣。欲脫布衫攜素手

試開病眼點黃連。

公自注 來詩謂僕布衫督役

周禮 司空執扑 左傳 襄十七年宋平公築臺子罕執扑以行築者而抶其不勉者 漢嚴安傳 介冑生蟣蝨

約公擇飲是日大風

先生生長匡廬山。山中讀書三十年。舊聞飲水師顏淵。
不知治劇乃所便。偷兒夜探赤白丸。奮髯忽逢朱子元。
半年羣盜誅七百。誰信家書藏九千。春風無事秋月閑。
紅糚執樂豪且妍。紫衫玉帶兩部全。琵琶一抹四十絃。
客來留飲不計錢。齊人愛公如子產。兒啼卧路呼不還。
我慙山郡空留連。牙兵部吏笑我寒。邀公飲酒公無難。
約束官奴買花鈿。薰衣理鬢夜不眠。曉來顛風塵暗天。
我思其由豈坐慳。作詩媿謝公笑讙。歸來瑟縮愈不安。
要當啖公八百里。豪氣一洗儒生酸。

公作李氏山房記云李公擇少時讀書於廬山五老峯下白石菴之僧舍公擇既去而山中之人指其居爲李氏山房藏書凡九千餘卷漢尹賞傳薛宣舉賞能治劇又長安中閭里少年羣輩殺吏受賕報仇相與探丸爲彈得赤丸者斫武吏得黑者斫文吏白者主治喪漢朱博字子元遷瑯邪太守奮髯抵几斥罷病吏詳已見前潘若冲郡閣雅談高從晦好彈胡琴天成中王仁裕使荆渚從晦出十妓彈胡琴仁裕有詩曰紅糚齊抱紫檀槽一抹朱絃四十條史記循吏傳子產治鄭死丁壯號哭老人兒啼後漢侯霸傳爲臨淮尹政理有能名更始元年遣使徵霸百姓老弱相攜號哭遮使者或當道而臥曰願乞侯君復畱朞年杜子美偪仄行曉來急雨春風顛俗諺有慳值風嗇值雨之說韓退之詩瑟縮久不安晉王濟傳王愷以帝舅奢豪有牛名八百里駁常瑩其蹄角濟請以錢十萬與牛對射而賭之一發破的因據胡牀叱左右速探牛心來須臾而至一割便去三國志陳元龍湖海之士豪氣不除詳見前卷次韻荅邦直詩注

坐上賦戴花得天字

清明初過酒闌珊。折得奇葩晚更姸。春色豈關吾輩事。老狂聊作坐中先。醉吟不耐欹紗帽。起舞從教落酒船。結習漸消畱不住。卻須還與散花天。

唐白居易傳自號醉吟先生杜子美李尚書聯句數語欹紗帽高文擲綵牋維摩經維摩詰室有一天女見諸天人說法卽以天花散諸菩薩大弟子上花至菩薩卽皆墮地至大弟子便著不墮天女曰結習未盡花著身矣結習盡者花不著也

夜飲次韻畢推官

簿書叢裏過春風酒聖時時且復中紅燭照庭嘶騕褭黃雞催曉唱玲瓏老來漸減金釵興醉後空驚玉筯工公自注畢善篆月未上時應蚤散免教壑谷問吾公

酒聖用徐邈事詳五卷贈孫莘老七絕詩注漢書音義騕褭神馬也赤喙黑身杜子美詩願隨金騕褭走置錦屠蘇黃雞用白樂天玲瓏歌詳六卷與臨安令宗人同年劇飲詩注唐舒元輿玉筯篆志秦丞相斯變蒼頡籀文爲玉筯篆體尚太古左傳襄三十年鄭伯有嗜酒爲窟室而夜飲朝至未已朝者曰公焉在其人曰吾公在壑谷又互見前

施註蘇詩卷之十三

施註蘇詩卷之十四

漫堂先生宋　犖　　長洲顧嗣立

樸園先生張榕端　閱定　毗陵邵長蘅　刪補

商丘宋　至

詩三十五首（時守彭城洎戊午元豐改元作）

續麗人行（并引）

李仲謀家有周昉畫背面欠伸內人極精戲作此詩（張彥遠名畫記周昉字景玄官至宣州長史多在渾郭功臣家圖畫又云周昉善畫子女）

深宮無人春日長。沈香亭北百花香。美人睡起薄梳洗。燕舞鶯啼空斷腸。畫工欲畫無窮意。背立東風初破睡。

若教回首卻嫣然。陽城下蔡俱風靡。杜陵饑客眼長寒。蹇驢破帽隨金鞍。隔花臨水時一見。只許腰肢背後看。心醉歸來茅屋底。方信人間有西子。君不見孟光舉案與眉齊。何曾背面傷春啼。

楊妃外傳開元禁中重木芍藥移植於沈香亭前會花方繁開上與妃子賞花命李白進清平調三章末云解釋春風無限恨沈香亭北倚欄干宋玉登徒子好色賦嫣然一笑惑陽城迷下蔡漢韓信傳用廣武君策發使燕燕從風而靡杜子美麗人行背後何所見珠壓腰衱穩稱身列子黃帝篇有神巫曰季咸列子見之而心醉

聞李公擇飲傅國博家大醉二首

兒童拍手鬧黃昏。應笑山公醉習園。縱使先生能一石。主人未肎獨留髡。

晉山簡注屢見李白襄陽歌落日欲沒峴山西倒著接䍦花下迷襄陽小兒齊拍手攔街爭唱白銅鞮傍人借問笑何事笑殺山翁醉似泥史記滑稽傳淳于髡曰

臣飲一斗亦醉一石亦醉云云日暮酒闌合尊促坐男女同席履舄交錯杯盤狼藉堂上燭滅主人留髡而送客羅襦襟解微聞薌澤當此之時髡心最歡能飲一石

不肎惺惺騎馬迴。玉山知爲玉人頹。紫雲有語君知否。莫喚分司御史來。

劉禹錫揚州春夜詩寂寂獨看金爐落紛紛只見玉山頹自羞不是高陽侶一夜惺惺騎馬迴世說山公稱嵇叔夜之爲人也巖巖若孤松之獨秀其醉也忽若玉山之將頹唐闕記杜牧爲御史久之分務洛陽時李聽罷鎮閒居聲妓豪華爲當時第一嘗宴客女妓百餘皆殊色牧注視良久問曰聞有紫雲者孰是宜以見惠李俯而笑諸妓皆回首破顏牧自飲三爵朗吟而起曰華堂今日綺筵開誰喚分司御史來忽發狂言驚滿座兩行紅粉一時迴意氣閒逸傍若無人

起伏龍行 并引

徐州城東二十里有石潭、父老云、與泗水通、增損清濁、相應不差、時有河魚出焉、元豐元年春旱、或云置虎頭潭中可以致雷雨、用其說作起伏龍行何年白竹千鈞弩。射殺南山雪毛虎。至今顱骨帶霜牙。尚作四海毛蟲祖。東方久旱千里赤。三月行人口生土。碧潭近在古城東。神物所蟠誰敢侮。上歆蒼石擁巖竇。下應清河通水府。眼光作電走金蛇。鼻息爲雲擢煙縷。當年負圖傳帝命。左右羲軒詔神禹。爾來懷寶但貪眠。滿腹雷霆瘖不吐。赤龍白虎戰明日。公自注是月丙辰明日庚寅 倒卷黃河作飛雨。嗟我豈樂鬭兩雄。有事徑須煩一怒。

後漢南蠻傳板楯者秦昭襄王時有一白虎常從羣虎數遊秦蜀巴漢之境昭王重募國中能殺虎者時有巴郡閬中夷人能作白竹之弩登樓射殺白虎昭王嘉之乃刻石盟要夷人安之三國志魏杜襲傳千鈞之弩不爲鼷鼠發機尚書故實南中久旱以繩繫虎頭骨投有龍處入水即數人牽制不定俄頃雲起潭雨亦隨下龍畏虎雖枯骨能動之如此劉禹錫嘉話亦云毛蟲字出漢書五行志帝王世紀龍馬出圖於河伏羲觀之以畫八卦黃帝言余夢兩龍挺白圖以授余於河之

都又洛出龜書以賜神禹洪範是也張華博物志龍抱寶而眠謂之癡龍史記孟嘗君傳秦齊世不雨雄洞庭靈姻傳堯遭洪水九年乃此子一怒耳

聞公擇過雲龍張山人輒往從之公擇有詩戲用其韻

我生固多憂。肉食常苦墨。軒然就一笑。猶得好飲力。聞君過雲龍。對酒兩靜默。急攜清歌女。出郭及未昃。一歡難力致。邂逅有勝特。喧蜂集晚花。亂雀啅叢棘。山人樂此耳。寂寞誰侍側。何當求好人。聊使治要襋。使君自孤債。此理誰相值。不如學養生。一氣服千息。

左傳哀十三年晉定公吳夫差會于黃池吳晉爭先司馬寅曰請姑視之反曰肉食者無墨今吳王有墨國勝乎太子死乎杜預注墨氣色下也後漢劉子訓傳軒渠笑悅欲往就之詩國風摻摻女手可以縫裳要之襋之好人服之漢匈奴傳冒頓爲書遺高后曰陛下獨立孤債獨居兩主不樂無以自虞注債仆也猶言不能

自立也虞與娛同晉許邁傳常服氣一氣千餘息

送李公擇

嗟余寡兄弟。四海一子由。故人雖云多。出處不我謀。弓車無停招。逝去勢莫畱。僅存今幾人。各在天一陬。有如長庚月。到曉爛不收。宜我與夫子。相好手足侔。比年兩見之。賓主更獻酬。樂哉十日飲。衎衎和不流。論事到深夜。僵仆鈴與騶。頗嘗見使君。有客如此不。欲別不忍言。慘慘集百憂。念我野夫兄。知名三十秋。已得其爲人。不待風馬牛。他年林下見。傾蓋如白頭。

詩國風終鮮兄弟惟予二人左傳逸詩翹翹車乘招我以弓史記范雎傳秦昭王遺平原君書曰君幸過寡人願與君爲十日飲王注鈴守鈴閤者漢東方朔傳給

騶侏儒師古曰騶奉廄之御也〔晉謝安傳〕桓溫請安爲司馬旣到溫喜問左右曰頗嘗見我有如此客不〔野夫〕公擇之兄名莘

送筍芍藥與公擇二首

久客厭鹵餼。〔公自注〕蜀人謂東北人鹵子 枵然思南烹。故人知我意。千里寄竹萌。騈頭玉嬰兒。一一脫錦繃。庖人應未識。旅人眼先明。我家拙廚膳。彘肉芼蕪菁。送與江南客。燒煮配香粳。〔韓退之初南食詩〕自宜味南烹〔爾雅〕筍竹萌也〔吳筠竹賦〕一節明其亂嗣三節獲乎嬰兒〔儲光羲筍詩〕稚子脫錦繃騈頭玉香滑〔張平子南都賦〕若其廚膳則有華薌重秬滍皐香粳

今日忽不樂。折盡園中花。園中亦何有。芍藥梟殘葩。久旱復遭雨。紛披亂泥沙。不折亦安用。折去還可嗟。棄擲亮未能。送與謫仙家。還將一枝春。插向兩髻丫。

陸凱寄梅詩江南無所有聊贈一枝春按公詩特借用其字故爾不拘歐陽公詩小婢立我前赤腳兩髻丫

和孫莘老次韻

去國光陰春雪消。還家蹤迹野雲飄。功名正自妨行樂。迎送纔堪博早朝。雖去友朋親吏卒。卻辭讒謗得風謠。今年我亦江南去。不問繁雄與寂寥。

晉向秀傳秀注莊子嵇康曰此書詎復須注正自妨人作樂耳白樂天詩昏昏一覺睡不博蚤朝人後漢李郃傳和帝分遣使者各至州縣觀採風謠

游張山人園

壁間一軸煙蘿子。盆裏千枝錦被堆。慣與先生爲酒伴。不嫌刺史亦顏開。纖纖入麥黃花亂。颯颯催詩白雨來。聞道君家好井水。歸軒乞得滿缾回。

唐楊巨源看花詩一林堆錦映千燈王注煙蘿子今所畫修養者多有之錦被堆一名粉團兒花如月桂而小粉紅或微黃色枝柯纖長高丈餘往往作架承之司空圖郊園詩遠樹連村暗黃花入麥稀杜子美詩片雲頭上黑應是雨催詩白樂天詩赤日間白雨陰晴同一川

杜介熙熙堂

崎嶇世路最先回。窈窕華堂手自開。咄咄何曾書怪事。熙熙長覺似春臺。白砂碧玉味方永。黃紙紅旗心已灰。遙想閉門投轄飲。鵾絃鐵撥響如雷。

王文考靈光殿賦旋室㛹娟以窈窕咄咄用殷浩事已見十一卷和趙郎中詩注老子衆人熙熙如享大牢如登春臺神仙傳殷七七每醉歌曰琴彈碧玉調鑪養白朱砂白樂天詩紅旗破賊非吾事黃紙除書無我名投轄陳遵事詳八卷和蘇州太守詩注鵾絃鐵撥開元賀懷智事已見八卷古纏頭曲注唐文宗時內庫有二琵琶號大忽雷小忽雷五代史補馮道之子能彈琵琶以皮爲絃世宗號繞殿雷

次韻答劉涇

吟詩莫作秋蟲聲。天公怪汝鉤物情。使汝未老華髮生。芝蘭得雨蔚青青。何用自燔以出馨。細書千紙雜眞行。新音百變口如鶯。異義蠭起弟子爭。舌翻濤瀾卷齊城。萬卷堆胸兀相撐。以病爲樂子未驚。我有至味非煎烹。是中之樂吁難名。綠槐如山闇廣庭。飛蟲繞耳細而淸。敗席展轉臥見經。一作驚亦自不一作不自嫌翠織成。意行信足無溝坑。不識五郎呼作卿。吏民哀我老不明。相戒無復煩鞭刑。時臨泗水照星星。微風不起鏡面平。安得一舟如葉輕。臥聞郵籤報水程。蓴羹羊酪不須評。一飽且救饑腸鳴。

漢兩龔傳薰以香自燒膏以明自消法書苑晉世以來工書者多以行書著名兼眞者謂之眞行帶草者謂之行草劉伯倫酒德頌陳說禮法是非鋒起漢蒯通傳酈生掉三寸舌下齊七十餘城詩國風輾轉伏枕杜子美張舍人遺褥段詩客從西北來遺我翠織成唐宋璟傳每宴朝堂張易之昌宗列卿三品璟階六品居下座易之諂事璟虛位揖曰公第一人何下座璟曰才劣品卑卿何謂第一是時朝廷以易之內寵不名其官呼易之五郎昌宗六郎鄭善果謂璟曰公奈何謂五郎爲卿璟曰以官正當爲卿君非其家奴何郎之云後漢馬援傳頗哀老子使得遨遊唐徐有功傳爲蒲州司法參軍爲政仁不忍杖罰民服其恩更相約曰犯徐參軍杖者必斥之謝靈運南亭詩戚戚感物歎星星白髮垂杜子美青草湖詩宿槳依農事郵籤報水程蓴羹羊酪見七卷金門寺中詩注陶淵明詩傾身營一飽韓退之詩饑腸徹死無由鳴

攜妓樂游張山人園

大杏金黃小麥熟。墮巢、乳鵲拳、新竹。故將俗物惱幽人。細馬紅糚滿山谷。提壺勸酒意雖重。杜鵑催歸聲更速。酒闌人散卻關門。寂歷、斜陽、挂、疎木。

晉王戎傳俗物已復來敗人意李白對酒歌二八佳人細馬馳青黛畫眉紅錦靴

種德亭 并引

處士王復家於錢塘、爲人多技能、而醫尤精、期於活人而已、不志於利、築室候潮門外、治園圃作亭榭、以與賢士大夫游、惟恐不及、然終無所求、人徒知其接花蓺果之勤、而不知其所種者德也、乃以名其亭、而作詩以遺之、

小圃傍城郭。閉門芝朮香。名隨市人隱。德與佳木長。元化善養性。倉公多禁方。所活不可數。相逢旋相忘。但喜賓客來。置酒花滿堂。我欲東南去。再觀雙檜蒼。山茶想

出屋湖橋應過牆木老德亦熟吾言豈荒唐唐詩水淨苔莎色露香芝朮苗後漢華佗傳字元化曉養性之術年且百歲而有壯容史記扁鵲倉公傳太倉公姓淳于氏名意少而喜醫方術師元里公乘陽慶悉以禁方予之史記貨殖傳十歲樹之以木百歲來之以德莊子天下篇繆悠之說荒唐之言

文與可有詩見寄云待將一段鵝谿絹掃取寒梢萬尺長次韻答之

爲愛鵝谿白繭光掃殘雞距紫毫鋩世間那有千尋竹月落庭空影許長茶錄蜀東川鵝谿出畫絹作羅底佳白樂天雞距筆賦足之健者雞足毛之勁者兔毛就足之中奮發者利距在毛之內秀出者長毫合爲乎筆正得其要

聞辯才法師復歸上天竺以詩戲問

道人出山去山色如死灰白雲不解笑青松有餘哀忽

聞道人歸。鳥語山容開。神光出寶髻。法雨洗浮埃。想見南北山。花發前後臺。寄聲問道人。借禪以爲詼。何所聞而去。何所見而回。道人笑不答。此意安在哉。昔年本不住。今者亦無來。此語竟非是。且食白楊梅。

盧仝月蝕詩青山死灰色 莊子盜跖篇孔子下車色若死灰 楞嚴經世尊從肉髻中踊百寶光光中涌出千葉寶蓮 白樂天寄上天竺詩前臺花發後臺見上界鐘聲下界聞 晉嵇康傳與向秀鍛於大樹下鍾會往造焉康不爲禮而鍛不輟久之會去康謂曰何所聞而來何所見而去會曰聞所聞而來見所見而去 金剛經應生無所住心若心有住則爲非住 又阿那含名爲不來而實無不來 北戶雜錄鄭虔云越州客山有白楊梅 杭州圖經楊梅塢在南山近瑞峰楊梅尤盛有紅白二種今杭人呼白者爲聖僧梅

和子由送將官梁左藏仲通

雨足誰言春麥短。城堅不怕秋濤卷。日長惟有睡相宜。

半脫紗巾落紈扇。芳草不鋤當戶長。珍禽獨下無人見。覺來身世都是夢。坐久枕痕猶著面。城西忽報故人來。急掃風軒炊麥飯。[翁注]徐州所出伏波論兵初矍鑠。中散談仙更清遠。南都從事亦學道。不卹腸空誇腦滿。問羊他日到金華。應許相將游閬苑。

蜀志周羣傳先主將誅張裕諸葛亮表請其罪答曰芳蘭生門不得不鋤[謝承後漢書]李固爲太守食麥飯[後漢馬援傳]劉尚擊武陵五谿蠻軍沒援請行帝愍其老援據鞍顧盼以示可用帝笑曰矍鑠哉是翁也援爲伏波將軍[晉嵇康傳]嵇康仕魏爲中散大夫常修養性服食之事以爲神仙稟之自然非學所得至於導養得理則安期彭祖之壽可及乃著養生論[王注]南都從事謂子由也時子由從張文定僉書南京判官嘗云學道三十年今始麤聞道也道家口訣欲得不死腸中無滓欲得不老還精補腦[神仙傳]黃初平家使牧羊有道士將至金華山石室中其兄尋索見之問羊何在初平叱白石俱起成羊兄曰道可學否初平曰唯好卽得兄乃棄家服伏苓五萬日遂得仙[集仙錄]西王母居閬風之苑東方朔十洲記崑崙山三角其一正北干辰星之輝名閬風

次韻秦觀秀才見贈秦與孫莘老李公擇甚熟將入京應舉 秦觀高郵人初字太虛後改字少游

夜光明月非所投。逢年遇合百無憂。將軍百戰竟不侯。伯郎一斗得涼州。翹關負重非無力。十年不入紛華域。故人坐上見君文。謂是古人吁莫測。新詩說盡萬物情。硬黃小字臨黃庭。故人已去君未到。空吟河畔草青青。誰謂他鄉各異縣。天遣君來破吾願。一聞君語識君心。短李髯孫眼中見。江湖放浪久全真。忽然一鳴驚倒人。縱橫所值一作往無不可。知君不怕新書新。千金敝帚那堪換。我亦淹留豈長算。山中既未決同歸。我聊爾耳君其漫。

漢鄒陽傳明月之珠夜光之璧以闇投人於道衆莫不按劍相盼史記佞幸傳力田不如逢年善仕不如遇合漢李廣傳與望氣王朔語曰自漢擊匈奴廣未嘗不在其中終無尺寸功以得封邑豈吾相不侯耶三輔決錄孟佗字伯郎一斗凉州注見一卷和劉長安題薛周逸老亭唐選舉志武后長安二年始置武舉有馬槍翹關負重身材之選唐書員半千傳武后謂半千曰久聞爾名謂爲古人乃在朝耶王注公言嘗於祕書閣觀王羲之墨蹟皆唐人硬黄紙臨本惟鵝羣一帖似獻之眞筆古樂府飲馬長城窟行青青河畔草緜緜思遠道又他鄉各異縣展轉不相見世說郗超爲桓溫參軍王珣爲主簿府中語曰髯參軍短主簿蘅按短李謂公擇髯孫謂莘老借用李紳孫會稽事耳舊注非嵇叔夜詩志在守樸養素全眞史記楚世家莊王曰三年不蜚蜚將冲天三年不鳴鳴將驚人唐王勃傳李嶠宋之問之文如良金美玉無施不可三國魏武帝紀自作兵書十餘萬言諸將征伐皆以新書從事王注新書言王介甫新學經義之說也魏文帝典論夫人難於自見而文非一體鮮能備善是以各以所長相輕所短里語曰家有敝帚享之千金不自見之患也晉阮咸傳未能免俗聊復爾耳唐元結傳自稱浪士及有官人以爲浪者亦漫爲官乎又曰公漫久矣可以漫爲叟

僕曩於長安陳漢卿家見吳道子畫佛碎爛可

惜其後十餘年復見之於鮮于子駿家則已裝背完好子駿以見遺作詩謝之（米元章畫史云蘇子瞻家收吳道子畫佛及侍者誌公十餘人破碎甚而當面一手精彩動人點不加墨口淺深暈成故最如活元章所記卽此畫也）

貴人金多身復閑。爭買書畫不計錢。已將鐵石充逸少。（公自注法帖大王書中有殷鐵石字鐵石梁武帝時人）更補朱繇爲道玄。（公自注世所收吳道子畫多朱繇筆也）煙薰屋漏裝玉軸。鹿皮蒼璧知誰賢。吳生畫佛本神授。（一作驂）夢中化作飛空仙。覺來落筆不經意。神妙獨到秋毫顛。昔我長安見此畫。歎息至寶空潸然。素絲斷續不忍看。已作蝴蝶飛聯翩。君能收拾爲補綴。體質散落嗟神全。誌公髣髴見刀尺。修羅天女猶雄妍。如觀老杜飛鳥句。脫字欲補知無緣。問君乞得良有意。欲將俗眼爲洗湔。貴人一見定羞怍。錦囊千紙何足捐。不須更用博麻縷。付與一炬隨飛煙。

尚書故實千字文梁周興嗣編次而有王右軍書者乃梁武教諸王書令殷鐵石於大王書中榻一千字不重者每字片紙雜碎無序武帝召興嗣韻之書畫補遺朱繇長安人工畫佛道米元章畫史眞絹色淡雖百破而色明白精神彩色如新惟佛像多經香煙薰損本色書苑顏魯公與懷素同學草書於鄔兵曹或問張長史見公孫大娘舞劍器始得低昂回翔之狀兵曹亦有之乎懷素以古釵腳對魯公曰何如屋漏痕漢書食貨志武帝造白鹿皮幣令王侯朝覲必以薦璧顏異曰今王侯朝賀以蒼璧直數千而其皮薦反四十萬本末不相稱小說一道人爲戲術碎翦絹作胡蝶而飛少選復如故或藏其一蝶絹亦虧如蝶之大傳燈錄寶誌禪師金城人姓朱氏常執錫杖頭鐶翦刀尺銅鑑歐陽詩話陳從易舍人偶得杜詩舊本至送蔡都尉詩云身輕一鳥其下脫一字數客各用一字補之或云疾或云落或云下後得完本乃過字陳歎曰一字莫能到也王注博麻縷似祖語麻三斤之類

雨中過舒教授 舒名煥字堯夫公守徐堯夫時爲教授

疎疎簾外竹。瀏瀏竹間雨。牕扉靜無塵。几硯寒生霧。美人樂幽獨。有得緣無慕。坐依蒲褐禪。起聽風甌語。客來淡無有。灑掃凉冠屨。濃茗洗積昏。妙香淨緐慮。歸來北堂闇。一一微螢度。此生憂患中。一餉安閑處。飛鳶悔前笑。黄犬悲晚悟。自非陶靖節。誰識此間趣。

杜子美詩心清聞妙香陶淵明詩此間有眞趣欲辨已忘言飛鳶黄犬注竝見前

次韻舒教授寄李公擇

草書妙絕吾所兄。眞書小低猶抗行。論文作詩俱不敵。看君談笑收降旌。去年逾月方出晝。公自注予去年畱齊月餘爲君劇飲幾濡首。今年過我雖少畱。寂寞陶潛方止酒。公自注此行公擇病酒夕不飲別時流涕攬君鬚。懸知此懽墮空虛。松下縱橫餘屐齒。門前轣轆想君車。恠君一身都是德。近之清潤淪肌骨。細思還有可恨時。不許藍橋見傾國。公自注公擇有婢名雲英屢欲出不果

晉王羲之傳每自稱我書比鍾繇當抗行比張芝草猶鴈行也華嶠譜序華歆能劇飲石餘不亂周易未濟有孚于飲酒無咎濡其首象曰飲酒濡首亦不知節也陶潛止酒詩始覺止爲善今朝眞止矣裴硎傳奇長慶閒裴航傭舟襄漢同舟有樊夫人者國色也航以詩及珍果獻夫人以詩答曰一飲瓊漿百感生玄霜杵盡見雲英藍橋便是神仙窟何必崎嶇上玉京後航歸輦下經藍橋驛因渴乞漿于茅舍果遇雲英遂娶之後同得仙去

又送鄭戶曹 鄭戶曹名僅字彥能彭城人是時爲冠氏令

水繞彭城樓。山圍戲馬臺。古來豪傑地。千歲有餘哀。隆準飛上天。重瞳亦成灰。白門下呂布。大星隕臨淮。尚想劉德輿。置酒此徘徊。爾來苦寂寞。廢圃多蒼苔。河從百

步響山到九里回山水自相激夜聲轉風雷蕩蕩清河壖黃樓我所開秋月墮城角春風搖酒杯遲去聲君為坐客新詩出瓊瑰樓成君已去人事固多乖他年君倦游白首賦歸來登樓一長嘯使君安在哉

漢高祖隆準而龍顏史記項羽贊舜目蓋重瞳子項羽亦重瞳子後漢呂布傳自號徐州牧曹操攻之布登白門樓攻圍之急乃下酈道元水經注泲南門謂之白門唐李光弼傳封臨淮郡王復歸徐州遇疾薨杜子美武衛將軍挽詞嚴警當寒夜前軍落大星南史宋高祖諱裕字德輿小字寄奴姓劉氏初封宋公居彭城嘗九日讌戲馬臺韋應物詩水性自云靜石中本無聲如何兩相激雷轉空山鳴秦太虛黃樓賦序太守蘇公守彭城之明年既治河決之變民以更生又因修繕其城作黃樓於東門之上以為水受制於土而土之色黃故取名焉晉劉琨傳在晉陽為胡騎所圍城中窘琨乃乘月登樓清嘯賊聞之悽然棄圍而走

次韻黃魯直見贈古風二首

黃魯直名庭堅分寧人與張文潛秦少游晁無咎俱出蘇門天下號元祐四學士而魯直之名幾配東坡故稱蘇黃云

附魯直古詩一曰江梅有佳實託根桃李場桃李終不言朝露借

恩光孤芳忌皎潔氷雪空自香古來和鼎實此物升廟廊歲月坐成晚煙雨青已黃得升桃李盤以遠初見嘗終然不可口擲棄官道傍但使本根在棄捐果何傷二曰青松出洞壑十里聞風聲上有百尺絲下有千歲苓小草有遠志相依在平生醫和不並世深根且固蔕人言可醫國何用大早計小大才則殊氣味固相似

嘉穀臥風雨。稂莠登我場。陳前漫方丈。玉食慘無光。大哉天宇閒。美惡更臭香。君看五六月。飛蚊殷回廊。茲時不少假。俛仰霜葉黃。期君蟠桃枝。千歲終一嘗。顧我如苦李。全生依路旁。紛紛不足慍。悄悄徒自傷。

杜子美詩天涯歇滯雨稉稻臥不翻又病橘詩此物歲不稔玉食失光輝莊子知北遊神奇復化爲臭腐臭腐復化爲神奇詩國風殷其靁山海經東海有山名度索上有大桃蟠屈三千里名蟠桃晉王戎傳嘗與羣兒戲道側見李樹多實等輩趣之戎獨不往或問故曰樹在道邊而多子必苦李也取之信然詩國風憂心悄悄慍于羣小公烏臺詩話北京國子監教授黃庭堅寄書一封幷古詩二首與軾依韻和答云嘉穀臥風雨至玉食慘無光以譏今之小人勝君子如稂莠之奪嘉

穀又云大哉天宇閒至悄悄徒自傷意言君子小人進退有時如夏月蚊虻縱橫至秋自息比黃庭堅於蟠桃進必遲自比苦李以無用全生又取詩云慍于羣小以譏諷當今進用之人皆小人也

空山學仙子。妄意笙簫聲千金得奇藥。開視皆豨苓。不知市人中。自有安期生。今君已度世。坐閱霜中蔕。摩挲古銅人。歲月不可計。閬風安在哉。要君相指似。

李太白鳳笙篇仙人十五愛吹笙學得崑丘彩鳳鳴韓退之進學解訾醫師以昌陽引年欲進其豨苓也史記封禪書李少君曰安期生仙者通蓬萊中合則見人不合則隱列仙傳安期生琅邪人賣藥東海邊時人皆言千歲公楚辭遠遊章欲度世以忘歸意恣睢以担撟摩挲銅人後漢薊子訓事詳見十二卷子由將赴南都詩注閬風注見本卷

次韻答舒教授觀余所藏墨

異時長笑王會稽。野鶩膻腥汙刀几。暮年卻得庾安西。

自厭家雞題六紙。二子風流冠當代。顧與兒童爭慍喜。秦王十八已龍飛。嗜好晚將蛇蚓比。我生百事不挂眼。時人謬說云工此。世間有癖念誰無。傾身障簏尤堪鄙。一生當著幾緉屐。定心肎爲微物起。此墨足支三十年。但恐風霜侵髮齒。非人磨墨墨磨人。缾應未罄罍先恥。逝將振衣歸故國。數畝荒園自鋤理。作書寄君君莫笑。但覓來禽與青李。一螺點漆便有餘。萬竈燒松何處使。君不見永寧第中擣龍麝。列屋閑居清且美。倒暈連眉秀嶺浮。雙鴉畫鬢香雲委。時聞五斛賜蛾綠。不惜千金求獺髓。聞君此詩當大笑。寒窗冷硯冰生水。

庾翼家雞注再見柳子厚集殷賢戲批書後寄劉連州詩注云家有右軍書每紙背庾翼題云王會稽六紙二月三十日晉書王羲之終會稽内史庾翼嘗爲安西將軍荆州刺史唐太宗紀武德元年進封秦王春蚓秋蛇本王羲之傳後制爲唐太宗撰詳見十二卷和流盃石上詩注按晉書太宗自著宣武二帝陸機王羲之四論於是總題御撰云白樂天七德歌太宗十八舉義兵白旄黃鉞定兩京世說祖士少好財阮遥集好屐同是一累而未判其得失人有詣祖見料視財物客至屛當未盡餘兩小簏著背後傾身障之意未能平或有詣阮見自吹火蠟屐因歎曰未知一生當著幾緉屐神色閑暢於是勝負始分蔡君謨墨說徐鉉云嘗得李超墨一梃與弟鍇共用十年乃盡王注公嘗曰吾有佳墨七十九而求之不已不近愚耶石昌言蓄墨不許人磨或曰子不磨墨墨當磨子昌言墓木拱矣墨故無恙詩小雅缾之罄矣維罍之恥淳化法帖大王書四百六十五帖其一云青李來禽櫻桃日給藤子皆囊盛爲佳函封多不生足下所疏云此果佳可爲致子當種之此種彼胡桃皆生也此號青李來禽帖蕭子良與王僧虔書仲將之墨一點如漆又陸雲與兄書一日上三臺曹公藏石墨數十萬斤今送一螺溫庭筠詩搗麝成塵香不滅法書苑歐陽通矜其書必以松煙爲墨末以真麝唐書永寧里王涯第也或云李駙馬第今士大夫家有墨其上有永寧賜第四字即是也意或用此韓退之送李愿序粉白黛緑者列屋而閑居東齋記事蜀有大慈寺壁畫明皇按樂十眉圖倒暈眉名西京雜記文君眉常如遠山李賀美人梳頭歌纖手卻盤老鴉色翠滑寶釵簪不得杜牧之閨情詩娟娟卻月眉新鬢學鴉飛南部煙花記隋煬帝鳳舸殿脚女吳絳仙善畫長蛾眉帝憐之由是爭爲長蛾司宮吏日供螺子黛

五斗號蛾綠螺酉陽雜俎吳孫和醉舞如意悞
傷鄧夫人頰醫以白獺髓和玉屑以滅瘢痕

送鄭戶曹賦席上果得榧子

彼美玉山果。粲爲金盤實。瘴霧脫蠻溪。清樽奉佳客。客行何以贈。一語當加璧。祝君如此果。德膏以自澤。驅攘三彭仇。已我心腹疾。願君如此木。凜凜傲霜雪。斲爲君倚几。滑淨不容削。物微興不淺。此贈毋輕擲。

王注榧子出信州玉山縣以懷玉山得名禮記束帛加璧爲德也左傳成二年韓厥執縶馬前再拜奉觴加璧以進宣室志彭者三尸之姓學仙者當先絕三尸本草榧實去三蟲行榮衞史記范雎傳秦之有韓如木之有蠹人之有腹心之病也晉王羲之傳嘗詣門生家見棐几滑淨因書之眞草相半後爲其父誤刮去生驚懊者累日杜子美詩物微意不淺感動一沈吟

送胡掾

亂葉和淒雨。投空如散絲。流年一如此。遊子去何之。節義古所重。艱危方自茲。他年著清德。仍復畏人知。張載雜詩騰雲似湧煙密雨如散絲清畏人知晉胡質事詳見五卷和沈立之留別詩注

答仲屯田次韻

秋來不見渼陂岑。千里詩盟忽重尋。大木百圍生遠籟。朱絃三歎有遺音。清風卷地收殘暑。素月流天掃積陰。欲遣何人賡絕唱。滿階桐葉候蟲吟。杜子美詩岑參兄弟皆好奇攜我遠來遊渼陂左傳哀十二年吳子使宰嚭請尋盟莊子齊物論大木百圍之竅穴冷風則小和飄風則大和厲風濟則衆竅爲虛地籟則衆竅是已史記樂書清廟之瑟朱絃而疏越一倡而三歎有遺音者矣謝希逸月詩白露泫空素月流天宋書謝靈運傳論平子豔發文以情變絕唱高蹤久無嗣響柳子厚詩碧空殘月曙門掩候蟲吟

密州宋國博以詩見紀在郡雜詠次韻答之

吾觀二宋文。字字照縑素。淵源皆有考。奇嶮或難句。後來邈無繼。嗣子其殆庶。胡爲尚流落。用舍眞有數。當時苟悅可。愼勿笑杖杜。斲膍誰赴捄。袖手良優裕。山城辱吾繼。鈌短煩遮護。昔年繆陳詩。無人聊瓦注。于今賡絕唱。外重中已懼。何當附家集。擊壤追咸濩。

二宋宋郊宋祁也國博乃其嗣子漢董仲舒傳贊考其師友淵源有漸北夢瑣言貫休見蜀待詔常重亂傳神曰可謂前無來人後無繼者法華經言辭柔軟悅可衆心舊唐書李林甫傳林甫典選選人嚴迥判語用杕杜二字林甫不識杕字謂韋陟此云杖杜何也陟俛首不敢言朝野僉載唐楊滔爲中書舍人時促命草制而吏持門鑰他適無舊本可檢乃斲膍取之時號斲膍舍人韓退之祭柳子厚文巧匠旁觀縮手袖閒嵇叔夜與山巨源絕交書仲尼不假蓋於子夏護其短也莊子達生篇以瓦注者巧以鉤注者憚以黃金注者殙凡外重者內拙周禮大司樂以樂舞教國子舞大咸大濩鄭氏註大咸堯樂大濩湯樂也

答范淳甫 范淳甫名祖禹成都華陽人 公自注 來詩有張僕射李臨淮之句

吾州下邑生劉季。誰數區區張與李。重瞳遺迹已塵埃。惟有黃樓臨泗水。公自注 郡有聽事俗謂之霸王聽相傳不可坐僕拆之以蓋黃樓 而今太守老且寒。俠氣不洗儒生酸。猶勝白門窮呂布。欲將鞍馬事曹瞞。

漢高祖紀 姓劉字季沛豐邑中陽里人也 唐張建封貞元四年拜徐泗節度使檢校尚書右僕射李光弼封臨淮郡王後歸徐州遇疾薨竝見本傳 九域志 徐州泗水今呼爲清河水經云泗之别名又泗水亭漢高祖嘗爲亭長 魏志呂布傳 曹操攻之自白門樓下降布請操曰明公所患不過於布今已服矣令布將騎明公將步天下不足定也

次韻答王定國

每得君詩如得書。宣心寫妙書不如。眼前百種無不有。

知君一以詩驅除。傳聞都下十日雨。青泥没馬街生魚。舊雨來人今不來。悠然獨酌臥清虛。我雖作郡古云樂。山川信美非吾廬。願君不廢重九約。念此衰冷勤呵噓。

劉禹錫酬樂天詩雨傳千里意書札不如詩杜子美秋述杜子卧病長安旅次多雨生魚青苔及榻常時車馬之客舊雨來今雨不來唐馬周傳舍新豐逆旅主人不之顧命酒一斗八升悠然獨酌清虛定國堂名王粲登樓賦雖信美而非吾土

芙蓉城 并引

世傳王迥子高與仙人周瑤英游芙蓉城。元豐元年三月。余始識子高。問之信然。乃作此詩。極其情而歸之正。亦變風止乎禮義之意也。

胡微之作王子高芙蓉城傳略王迥字子高虞部員外郎正路之次子初遇一女自言周太尉女語王曰我於人間嗜欲未盡緣以宿契當侍巾幘

是以奉尋非一朝一夕之分也[又]王初見周懼不敢寢更深困甚視牕戶掩閴及入解衣聞屏幃間有喘息聲乃適女郎已脫衣而臥天明□□□餘香不散自是朝去夕至凡百餘日[又]周云郎預朝列王曰朝帝耶不言其詳由此倏去不來者數日忽一夕夢周道服而至謂王曰我居幽僻君能一往否喜而從之但覺其身飄然與周同舉須臾過一嶺及一門珍禽佳木清流怪石殿閣金碧相照遂與王自東箱門入循廊至一殿亭甚雄壯下有三樓相視而聳亦甚雄麗廊間半開周忽入王少留須臾周與一女郎至周曰三山之事息乎曰雖已息奈情何於是拊掌而去遂巡東廊之門啟有女流道裝而出者百餘人立於庭下俄聞殿上卷簾有美丈夫一人朝服憑几而庭下之女循次而上少頃憑几者起簾復下諸女流亦復不見周遂命王登東廂之樓上有酒具憑欄縱觀山川清秀梁上有碑題曰碧雲其字則真誥八龍雲篆王未及下一女郎復登是樓年可十五容色嬌媚亦周之比周曰此芳卿也與我最相愛芳卿蓋其字耳夢之明日周來王語以夢周笑曰芳卿之意甚勤也王問何地周曰芙蓉城也曰憑几者誰三山之事何謂周皆不對問芳卿何姓曰與我同王感其事作詩遺周云[又]虞曹公狀其事以奏帝春花秋月悽愴悲泣而去周臨別留詩云久事屏幃不暫閑今朝離意尚闌珊臨行惟有相思淚滴在羅衣一半斑[按]芙蓉城傳施氏注散入句下王注錄之亦不詳蘅未見全傳又無他本可校茲從施氏句注中掇拾出之未免句字脫落殘闕多有而先生是詩大概采用其意不可略也乃附著之如此

芙蓉城中花冥冥。誰其主者石與丁。珠簾玉按翡翠屏。雲舒霞卷千娉停。中有一人長眉青。炯如微雲澹疎星。往來三世空鍊形。竟坐誤讀黃庭經。天門夜開飛爽靈。無復白日乘雲軿。俗緣千劫磨不盡。翠被冷落凄餘馨。因過緱山朝帝廷。夜聞笙簫弭節聽。飄然而來誰使令。皎如明月入牕櫺。忽然而去不可執。寒衾虛幌風泠泠。仙宮洞房本不扃。夢中同躡鳳皇翎。徑度萬里如奔霆。玉樓浮空聳亭亭。天書雲篆誰所銘。遶樓飛步高竛竮。仙風鏘然韻流鈴。蘧蘧形開如醉醒。芳卿寄謝空丁寧。一朝覆水不返缾。羅巾別淚空熒熒。春風花開秋葉零。

世間羅綺紛膻腥。此身流浪隨滄溟。偶然相値兩浮萍。願君收視觀三庭。勿與嘉穀生蝗螟。從渠一念三千齡。下作人間尹與邢。

杜子美詩樹攬離思花冥冥歐陽公詩話石曼卿卒後其故人有見之者言我今爲仙也所主芙蓉城張師正括異志慶曆中有朝士冒晨赴起居通衢見美婦三十餘人並馬而行若前導者俄見丁觀文度按轡繼之而去有一人最後行朝士問曰觀文將游何處曰非也諸女御迎芙蓉館主時丁已在告頃之聞卒襄陽記龍巢山鉢帽峰尹喜石室內有玉案仙經八卷在案上三輔黃圖未央宮漸臺西有兩桂宮中有光明殿皆金玉珠璣爲簾箔韓退之華山女詩洗粧拭面著冠帔白咽紅頰長眉青孟浩然詩微雲澹河漢疏雨滴梧桐酉陽雜俎有人掘地遇石函發之見一人方偃仰容色如生須臾振髮而起即失所在方士云此太陰鍊形人也吳筠步虛詞稟化凝正氣鍊形爲眞仙集仙錄謝自然日誦黃庭經十遍誦時有童子侍立每十遍即將向上界去東華夫人曰誦經先讀外篇大都精思誦讀者獲福麤行者獲罪盧仝詩天門九重高崔嵬夜半祭醮夜半開太微靈書人有三魂一曰爽靈二曰台光三曰幽精南史鄧先生傳白日神仙魏夫人忽來臨降曰君有仙分所以故來裴硎封陟傳雲軿旣去牕戶遺芳劉向列仙傳王子喬周靈王太子也好吹笙道士浮丘公接上嵩山後三十餘年來山中告桓良曰告

我家七月七日待我於緱氏山頭果乘白鶴駐山頭舉手謝時人而去楚詞抑志而弭節兮注按節徐行也江淹擬悼婦詩明月入綺牕彷彿想蕙質王注自天門夜開至風泠泠以言周初至時事宋玉神女賦其少進也皎如明月舒其光杜子美薛判官詩自云帝季女噀雨鳳皇翎東方朔十洲記崑崙山上有玉樓十二唐韻伶俜通作竛竮度人經擲火萬里流鈴八衝吳筠步虛詞豁落制六天流鈴威百魔莊子齊物論俄然覺則蘧蘧然周也注已見又其寐也神交其覺也形開後漢何進傳覆水不收悔將何及李太白妾薄命行雨露不上天水覆難重收元微之鶯鶯傳熒熒然猶瑩於茵席白樂天長恨歌春風桃李花開夜秋雨梧桐葉落時黃庭內景三庭佳穀生蝗螟王注此所謂歸之正也三庭道家事佳穀生蝗螟言邑慾之賊身如蝗螟之賊佳穀也楊妃外傳由此一念當復墮下界神仙傳馬明先生隨神女還岱見安期生語神女曰昔與女郎游於安息西海之際憶此已三千年矣史記外戚世家漢武帝尹夫人邢夫人同時並幸或云尹喜邢和璞王注正是二夫人耳謂彼自墮落勿效尤也

和鮮于子駿鄆州新堂月夜二首 公自注前次韻後不次

去歲游新堂。春風雪消後。池中半篙水。池上千尺柳。佳人如桃李。胡蝶入衫袖。山川今何許。疆野一作界已分宿。歲月不可思。駛若船放濬。繁華眞一夢。寂寞兩榮朽。惟有當時月。依然照杯酒。應憐船上人。坐穩不知漏。

曹子建詩南國有佳人容華若桃李

明月入華池。反照池上堂。堂中隱几人。心與水月凉風螢已無迹。露草時有光。起觀河漢流。步屧響長廊。名都信繁會。千指調絲簧。先生病不飲。童子爲燒香。獨作五字詩。清絕如韋郎。詩成月漸側。皎皎兩相望。

蘇州圖經響屧廊以楩梓板藉其地西子行則有聲因名韋郎韋蘇州應物也白樂天稱其五言尤高閑雅淡自成一家已見十二卷詩注杜子美詩浩歌淥水曲清絕聽者愁詩國風月出皎兮

送將官梁左藏赴莫州

王注莫州文安郡理鄚縣唐開元中以鄚字類鄭改爲莫乃公孫瓚之易京也

燕南垂趙北際。其間不合大如礪。至今父老哀公孫。烝
土爲城鐵作門。城中積穀三百萬。猛士如雲驕不戰。一
旦鼓角鳴地中。帳下美人空掩面。豈如千騎平時來。笑
譚謦欬生風雷。葛巾羽扇紅塵靜。投壺雅歌清燕開。東
方健兒虓虎樣。泣涕懷思廉恥將。彭城老守亦凄然。不
見君家雪兒唱。

後漢公孫瓚傳瓚禽劉虞盡有幽州之地前此有童謠曰燕南垂趙北際中央不
合大如礪唯有此中可避世瓚以爲易地當之遂徙鎮焉盛修營壘樓觀慮有非
常乃居高京以鐵爲門斥去左右男人專侍姬妾其文簿書記皆汲而上之令婦
人習爲大聲以傳宣教令謀臣猛將稍有乖散自此之後希復攻戰或問其故瓚
曰今兵革方始觀此非我所決不如休兵力耕積穀三百萬斛足以待天下之變
建安三年袁紹復大攻瓚瓚遺子續書曰袁氏之攻狀如鬼神梯衝舞吾樓上鼓
角鳴於地中及戰敗乃悉縊其姊妹妻子然後引火自焚晉載記赫連勃勃起都
城烝土築之錐入一寸卽殺作者而幷築之古樂府羅敷行東方千餘騎夫壻居

上頭語林諸葛武侯白葛巾持羽扇指麾三軍後漢祭遵傳取士必用儒術對酒設樂必投壺雅歌魏志呂布傳謂曹性曰卿健兒也杜子美哀王孫詩朔方健兒好身手詩大雅進厥虎臣闞如虓虎杜子美遣興詩安得廉恥將三軍同晏眠王注東方健兒則梁左藏所替罷處故懷思之也唐李密有寵姬名雪兒每賓客有新製必令雪兒歌之

施註蘇詩卷之十四

施註蘇詩卷之十五

長洲顧嗣立
漫堂先生宋　犖　毗陵邵長蘅　删補
樸園先生張榕端　閲定　商丘宋　至

詩四十二首時守彭城作

次韻子由送趙屼歸覲錢塘遂赴永嘉趙屼字景仁清獻公子由蔭登第通判温州

歸舟轉河曲。稍見楚山蒼。候吏來迎客。吴音已帶鄉。言從謝康樂。先獻魯靈光。已擊三千里。何須四十强。風流半刺史。清絶校書郎。到郡詩成集。尋谿水濺裳。芒鞋隨採藥。蠒紙記流觴。海靜蛟鼉出。山空草木長。宦游無遠近。民事要更嘗。願子傳家法。他年請尙方。

南史謝靈運襲封康樂公爲永嘉太守郡有名山水肆意遊遨 謝承後漢書王延壽有雋才父逸欲作魯靈光殿賦令延壽往錄其狀延壽因韻之以簡其父父曰吾無以加也時蔡邕亦有此作十年不成見延壽賦遂隱而不出 莊子逍遙游鵬之徙於南冥也水擊三千里 禮記四十曰強而仕 舊唐書蕭倣傳昔庾亮與郭游書別駕舊與刺史別乘任居刺史之半安可非其人也 唐百官志校書郎正九品主掌讐校典籍刊正文章 南史王筠每一官成一集 文房四譜右軍蘭亭帖用蠶蠒紙鼠須筆書 又蘭亭序清流激湍映帶左右引以爲流觴曲水列坐其次 漢朱雲傳願賜尙方斬馬劍斷佞臣一人頭 詳見十二卷次韻答邦直子由闕詩注 按公作淸獻神道碑云爲殿中侍御史彈劾不避權倖京師號鐵面御史

中秋月三首

殷勤去年月。瀲灩古城東。憔悴去年人。臥病破牕中。徘徊巧相覓。窈窕穿房櫳。月豈知我病。但見歌樓空。撫枕三歎息扶杖起相從天風不相哀吹我落瓊宮白露入肺肝夜吟如秋蟲坐令太白豪化爲東野窮餘年知幾何佳月豈屢逢寒魚亦不睡竟夕相噞宜檢切喁

李白月下獨酌詩我歌月徊徘我舞影淩亂韓退之記夢詩隆樓傑閣磊嵬高天風飄飄吹我過張平子思玄賦叫帝閽使闢扉兮覿天皇之瓊宮韓退之秋懷詩蟲弔寒夜永又薦士詩有窮者孟郊受材實雄驁郊字東野說文噞喁魚口上出貌左太冲吳都賦泝洄順流噞喁沈浮何諷夢渴賦鯤鯨噞喁相呴以呬

六年逢此月五年照離別公自注中秋有月凡六年矣惟去歲與子由會於此歌君別離曲滿坐爲淒咽留都信繁麗此會豈易擲鎔銀百頃湖挂鏡千尋闕三更歌吹罷人影亂淸樾歸來北堂下寒光翻露葉喚酒與婦飲念我向兒說豈知衰病後空盞對梨栗但見古河東蕎麥如鋪雪欲和去年曲復恐心

斷絶

畱都 子由時之官南京南京有畱守司故云畱都 白樂天詩 氷消湖水銀爲面風卷沙汀玉作堆 韻注 樾木陰也 韓退之詩 妻孥恐我生悵望槃中不飣栗與梨 白樂天詩 蕎麥鋪花白 又村夜詩 月明蕎麥花如雪 鮑明遠東門行 涕零心斷絶將去復還訣

舒子在汶上，閉門相對淸。公自注 舒煥試舉人鄆州 鄭子向河朔，公自注 鄭僅赴北京戶曹 孤舟連夜行。頓子雖咫尺，兀如在牢扃。公自注 頓起來徐試舉人 趙子寄書來，水調有餘聲。公自注 今日得趙杲卿書猶記余在東武中秋所作水調歌頭 悠哉四子心，共此千里明。明月不解老，良辰難合幷。回頭坐上人，聚散如流萍。嘗聞此宵月，萬里同陰晴。公自注 故人史生爲余言嘗見海賈云中秋有月則是歲珠多而圓賈人常以此候之雖相去萬里他日會合相問則陰晴無不同者 天公自著意，此會那可輕。明年各相望，俯仰今古情。

謝希逸月賦美人邁兮音塵闕隔千里兮共明月鮑明遠翫月詩三五二八時千里與君同

中秋見月寄子由

明月未出羣山高瑞光萬丈生白毫一杯未盡銀闕涌亂雲脫壞如崩濤誰爲天公洗眸子應費明河千斛水遂令冷看世間人照我湛然心不起西南大星如彈丸角尾奕奕蒼龍蟠今宵注眼看不見更許螢火爭清寒何人艤舟臨古汴千燈夜作魚龍變曲折無心逐浪花低昂赴節隨歌板公自注是夜賈客舟中放水燈青熒滅沒轉前山浪颭風迴豈復堅明月易低人易散歸來呼酒更重看堂前月色愈清好咽咽寒螿鳴露草卷簾推戶寂無人牕下呼

啞。惟。楚。老。〔公自注〕近有一孫名楚老南都從事莫羞貧。對月題詩有幾人。
明朝人事隨日出。恍然一夢瑤臺客。

〔韓退之月蝕詩〕念此日月者爲天之眼睛〔盧仝詩〕東方蒼龍角插戟尾搖風〔史記項籍傳〕烏江亭長艤船待注附船著岸也〔陸機文賦〕舞者赴節以投袂〔武元衡詩〕無因駐清景日出事還生〔盧子逸史〕許渲暴卒三日寤而作詩云曉入瑤臺露氣清坐中惟見許飛瓊〔李公垂鶯鶯歌〕恍然夢作瑤臺客

答王鞏〔公自注〕鞏將見過有詩自謂惡客戲之

汴泗遶吾城。城堅如削鐵。中有李臨淮。號令肝膽裂。古
來彭城守。未省怕惡客。惡客云是誰。祥符相公孫。是家
豪逸生有種。千金一擲頗黎盆。連車載酒來。不飲外酒
嫌其村。子有千鉼酒。我有萬株菊。任子滿頭插。團團見
花不見目。醉中插花歸。花重壓折軸。問客何所須。客言

我愛山。青山自遶郭。不要買山錢。此外有黃樓。樓下一河水。美哉洋洋乎。可以療饑幷洗耳。彭城之游樂復樂客惡何如主人惡。

杜詩大城鐵不如。唐書李光弼傳寶應元年進封臨淮郡王常鎮徐州郝廷玉傳魚朝恩聞其善布陣請觀之廷玉申號令鳴鼓角部伍坐作進退齊一曰此臨淮王遺法也王善御軍每校旗不如令者輒斬由是人皆自効而赴蹈馳突心破膽裂元次山詩有將逢惡客還家亦少酣注非酒徒卽爲惡客祥符相公鞏大父魏國文正公也相眞宗於景德祥符間漢陳勝傳侯王將相寧有種乎李太白詩莫惜連船沽美酒千金一擲買春芳韓退之詩谿呀鉅壑頗黎盆張平子南都賦騰酒車而斟酌注以車載酒也杜子美詩撥弃潭州百斛酒蕪沒瀟岸千株菊杜牧九日詩菊花須插滿頭歸漢書景十三王傳叢輕折軸羽翮飛肉史記孔子世家臨河而歎曰美哉水洋洋乎詩國風泌之洋洋可以樂饑

次韻王定國馬上見寄

昨夜霜風入裌衣。曉來病骨更支離。疏狂似我人誰顧。

坎軻憐君志未移。但恨不攜桃葉女。尚能來趁菊花時。南臺二謝人無繼。直恐君詩勝義熙。公自注二謝從宋武帝九日燕戲馬臺莊子支離疏者頤隱於臍肩高於項白樂天詩猶勝村客病支離楚詞埳軻畱滯注不遇也埳坎同古今樂錄王獻之二妾桃葉桃根獻之作桃葉歌白樂天詩小妓攜桃葉

與頓起孫勉泛舟探韻得未一作味字

牕前堆梧桐。牀下鳴絡緯。佳人尺書到。客子中夜喟。朝來一樽酒。晤語聊自慰。秋蠅已無聲。霜蟹初有味。當爲壯士飲。眥裂須磔蝟。勿作兒女懷。坐念蠨蛸畏。山城亦何有。一笑瀉肝胃。泛舟以娛君。魚鱉多可餽。縱爲十日飲。未遽主人費。吾儕俱老矣。耿耿知自貴。寧能傍門戶。

啼笑雜猩狒。要將百篇詩。一吐千丈氣。蕭條歲行暮。迨此霜雪未。明朝出城南。遺跡觀楚魏。西風迫吹帽。金菊亂如沸。願君勿言歸。輕別吾所諱。

遯齋閒覽浙人呼蝨斯之善鳴者爲絡緯織女詩國風彼美淑姬可與晤語史記項籍紀樊噲嗔目視項王頭髮上指目眥盡裂晉桓溫傳劉惔常稱之曰溫眼如紫石稜須作蝟毛磔孫仲謀晉宣王之流也詩豳風蠨蛸在戶又不可畏也伊可懷也爾雅蠨蛸小蜘蛛長腳者俗呼喜子論語疏腥曰饋謂生肉未煮者東方朔傳上語竇太主曰恐羣臣從官多大爲主費當是時董君見尊不名稱主人翁飲大驩樂左思賦猩猩啼而就禽狒狒笑而被格注猩猩形若狗人面善人言被執將死則相對而泣狒狒狀如人長面黑身有尾踵見人卽笑笑則脣掩目晉和嶠傳森森如千丈松韓退之詩李杜文章在光燄萬丈長國語靈王不顧其民一國棄之如遺跡焉韓退之薦士詩霜風破佳菊嘉節迫吹帽詩大雅如蜩如螗如沸如羹魏志陳登傳劉備曰君求田問舍言無可采是元龍所諱也

次韻答頓起二首

挽袖推腰踏破紳。舊聞攜手上天門。相逢應覺聲容似欲話先驚歲月奔。新學已皆從許子。諸生猶自畏何蕃。殿廬直宿眞如夢。猶記憂時策萬言。公自注頓君及第時余爲殿試編排官見其答策語頗直其後與子由試舉人西京既罷回登嵩山絕頂嘗見其唱醻詩十餘首頓詩中及之左傳或挽之或推之韓退之誰氏子詩白頭老母遮門啼挽斷衫袖留不止太山記上有小天門大天門仰視天門如從穴中望天牕王注新學以言王介甫新經之學也韓愈何蕃傳蕃入太學二十餘年歲舉進士學成行尊太學諸生推頌不敢與蕃齒

十二東秦比漢京。去年古寺共題名。公自注去歲見之於青州早衰怪我遽如許。苦學憐君太瘦生。茅屋擬歸田二頃。金丹終掃雪千莖。何人更似蘇司業。和遍新詩滿洛城。漢書高祖紀田肎曰秦形勝之國帶河阻山縣隔千里秦得百二焉地方二千里持戟百萬齊得十二焉此東西秦也陸士衡齊謳行孟諸吞楚夢百二侔秦京後漢左慈傳曹操欲殺之慈走入羊羣忽一老羝屈膝人言曰遽如許太瘦生用李白嘲杜甫詩已見前注王注蘇司業源明也先生以比子由云

九日黃樓作

去年重陽不可說南城夜半千漚發水穿城下作雷鳴
泥滿城頭飛雨滑黃花白酒無人問日暮歸來洗鞾韈
豈知還復有今年把琖對花容一呷莫嫌酒薄紅粉陋
終勝泥中千柄鍤黃樓新成壁未乾清河已落霜初殺
朝來白露如細雨南山不見千尋刹樓前便作海茫茫
樓下空聞櫓鴉軋薄寒中人老可畏熱酒澆腸氣先壓
煙消日出見漁村遠水鱗鱗山齾齾牛轄切詩人猛士雜龍
虎公自注坐客三十餘人多知名之士楚舞吳歌亂鵝鴨一杯相屬君勿辭此
景何殊泛清雲

杜牧之詩歸棹何時聞軋鴉楚辭九辯憯悽增欷兮薄寒之中人韓退之聯句交斫雙鈌齾齾韻注鈌齒又器鈌也一曰獸食之餘曰齾漢張良傳上顧戚夫人曰爲我楚舞吾爲若楚歌李白詩吳歌楚舞歡未畢青山欲銜半邊日

唐史李朔夜入蔡州擊鵝鴨池以亂軍聲霅溪在湖州注再見

太虛以黃樓賦見寄作詩爲謝

我在黃樓上。欲作黃樓詩。忽得故人書。中有黃樓詞。黃樓高十丈。下建五丈旗。楚山以爲城。泗水以爲池。我詩無傑句。萬景驕莫隨。夫子獨何妙。雨雹散雷椎。雄詞雜今古。中有屈宋姿。南山多磬石。清滑如流脂。朱蠟爲摹刻。細妙分毫釐。佳處未易識。當有來者知。

秦始皇紀下可以建五丈旗詳見四卷戲子由詩注張景陽七命豐隆奮椎注豐隆雷公也唐杜審言傳嘗曰吾文章當得屈宋作衙官尚書孔安國注泗水涯石可以爲磬杜牧秋娘詩京江水清滑生女白如脂

九日次韻王鞏

我醉欲眠君罷休。已教從事到青州。鬢霜饒我三千丈。詩律輸君一百籌。聞道郎君閉東閤。且容老子上南樓。相逢不用忙歸去。明日黃花蝶也愁。

世說桓公有主簿善别酒有酒輒令先嘗好者謂青州從事惡者謂平原督郵青州屬齊郡平原有鬲縣從事謂到臍下督郵謂在膈上住也李白詩白髮三千丈緣愁似箇長郎君東閤用李義山謁令狐綯詩語已見前注晉庾亮傳亮在武昌諸佐吏殷浩之徒乘秋夜往登南樓不覺亮至諸人將起避之亮曰諸君少住老子於此興復不淺

送頓起

客路相逢難。爲樂常不足。臨行挽衫袖。更賞折殘菊。佳人亦何念。悽斷陽關曲。酒闌不忍去。共接一寸燭。留君終無窮。歸駕不免促。岱宗已在眼。一往繼前躅。天門四十里。夜看扶桑浴。回頭一作顧望彭城。大海浮一粟。故人在其下。塵土相豗蹴。惟有黄樓詩。千古配淇澳。[公自注]頓有詩記黄樓本末

白樂天詩相逢且莫推辭醉聽唱陽關第四聲[一寸燭]用竟陵王子良刻燭爲詩事已見前注[唐書]柳公權充翰林學士文宗夜名對燭畫而語不盡宮人以蠟液濡紙繼之[後漢光武紀]趣駕南轅注趣急也讀曰促[漢官儀]泰山東上四十里至天門[又]東南有峯名日觀雞鳴時見日始出[淮南子]日出暘谷浴乎咸池入於扶桑是謂晨明[東方朔十洲記]扶桑在碧海中葉似桑樹長數千丈大二十圍兩兩同根更相依傍是名扶桑[詩國風]衞淇澳美武公之德也

送孫勉

昔年罷東武。曾過北海縣。白河飜雪浪。黄土如蒸麪。桑麻冠東方。一熟天下賤。是時累饑饉。常苦盜賊變。每憐追胥官。野宿風裂面。君爲淮南秀。文采照金殿。[公自注]君嘗考中進

士第一人胡爲事奔走投筆腰羽箭更被髥參軍豪篇來督戰公自注其兄莘老以詩寄之皆言戰事親程三郡士玉石不能銜欲知君得人失者亦稱善君才無不可要欲經百鍊吾詩堪咀嚼聊送別酒嚥

九域志密州古跡有伏湛墓其志云瑯邪東武人高密郎東武也又濰州治北海縣追胥字出周禮小司徒注已見後漢班超傳嘗爲官傭書輟業投筆嘆曰大丈夫無它志畧猶當効傅介子張騫立功異域以取封侯安能久事筆硯閒乎李太白詩流星白羽腰間插晉郗超傳桓溫爲大司馬辟超爲參軍時王珣爲主簿府中語曰髥參軍短主簿能令公喜能令公怒超髥珣短故也又互見十四卷史記秦始皇紀以衡石量書日夜有程不中程不得休息漢東方朔傳武帝旣招英俊程其器能用之如不及揚子衙玉而賈石者其狙詐乎應劭漢官儀金取堅剛百鍊而不耗孟東野懊惱詩好詩更相嫉劍戟生牙關前賢死已久猶在咀嚼間

李思訓畫長江絕島圖

唐張彥遠名畫記李思訓宗室也林甫之伯父畫稱一時之妙官至左武衛大將軍其畫山水樹石筆格遒勁湍瀨潺湲雲霞縹緲時睹神仙之事窅然巖嶺之幽時人謂之李將軍也

山蒼蒼。江茫茫。大孤小孤江中央。崖崩路絶。猿鳥去。惟有喬木。攙天長。客舟何處來。棹歌中流聲抑揚。沙平風軟。望不到。孤山久與船低昂。峩峩兩煙鬟。曉鏡開新糚。舟中賈客莫漫狂。小姑前年嫁彭郎。

庾信傷心賦山蒼蒼而正寒杜子美詩春動江茫茫斛律金敕勒歌天蒼蒼野茫茫風吹草低見牛羊漢武秋風辭横中流兮揚素波簫鼓鳴兮發棹歌丘遲詩棹歌發中流鳴鞞響沓嶂杜牧阿房宫賦明星熒熒開粧鏡也綠雲擾擾梳曉鬟也歐陽歸田録世俗傳訛惟祠廟之名尤甚江南有大小孤山而世俗轉孤爲姑江側有一石磯謂之澎浪磯遂轉爲彭郎云彭郎小姑壻也余過小孤山廟像乃一婦人而敕額爲聖母廟豈止俚俗之謬哉春明退朝録陳簡夫詩云山稱孤獨字廟塑女郎形過客雖知誤行人但乞靈

次韻答王鞏

我有方外客。顔如瓊之英。十年塵土窟。一寸冰雪清。揭來從我游坦率見眞情顧我無足戀戀此山水淸新詩如彈丸脫手不暫停昨日放魚回衣巾滿浮萍今日扁舟去白酒載烏程山頭見月出江路聞鼉鳴莫作孺子歌滄浪濯吾纓吾詩自堪唱相子櫂歌聲晉謝奕傳桓溫辟爲安西司馬岸幘笑詠無異常日温曰我方外司馬詩國風有女同車顏如舜英杜子美畱別章使君詩常恐性坦率失身爲杯酒南史謝脁嘗云好詩圓美流轉如彈丸也鄒陽酒賦其品類則洛陽醽淥烏程若下又詳五卷贈孫莘老詩注禮記春不相注相謂送杵聲李太白詩滄浪吾有曲寄入棹歌聲

張安道見示近詩

人物一衰謝微言難重尋殷勤永嘉末復聞正始音淸談未足多感時意殊深少年有奇志欲和南風琴荒林蜩蚻一作虱亂廢沼蛙蟈淫遂欲掩兩耳臨文但噫瘖蕭然

王郎子來自緱山陰。公自注其婿王鞏攜來云見浮丘伯。吹簫明月岑。遺聲落淮泗。蛟鼉爲悲吟。願公正王度。祈招繼愔愔。

漢司馬遷傳仲尼沒而微言絕晉衛玠傳王敦謂謝鯤曰微言之緒絕而復續不意永嘉之末復聞正始之音互見十三卷左傳昭三十一年荀躒掩耳而走太平廣記王仙客者劉振之甥也振有女曰無雙小仙客數歲皆幼稚相狎振妻常呼仙客爲王郎子列仙傳王子喬好吹簫作鳳鳴遇浮丘公得仙互見前注公烏臺詩話張方平令王鞏將詩一卷來徐州軾作一詩題卷末云云軾意言人物衰謝不意復見張方平之文章才氣以譏諷今時衰薄也意以衛玠比方平故云清談未足多也又少年有奇志至臨文但噫喑言軾少年本有志欲和天子薰風之詩因見學者皆空言無實或雜引老佛異端之書文字雜亂故以荒林廢沼比朝廷新法屢有變改事多荒廢致風俗虛浮學者誕妄如蜩螗之紛亂遂揜耳不欲論文也願公正王度祈招繼愔愔據左氏楚靈王欲求鼎於周求地於諸侯其臣右尹子革諫王其詩曰祈招之愔愔式昭德音思我王度式如玉式如金形民之力而無醉飽之心靈王不能用以及於難軾欲張方平當如蔡公謀父作祈招之詩以正王也

次韻王鞏顏復同泛舟

沈郎清瘦不勝衣。邊老便便帶十圍。躞蹀身輕山上走。讙呼船重醉中歸。舞腰似雪金釵落。談辯如雲玉麈揮。憶在錢塘正如此。回頭四十二年非。

南史沈約與徐勉書云老病百日數圍革帶常應移孔以手握臂率計月小半分檀弓趙文子其中退然若不勝衣後漢東平王蒼腰帶十圍晉載記尹緯慕容超李勢赫連勃勃皆身長八尺腰帶十圍云便便用邊孝先事注再見楚辭衆踥蹀而日進兮注踥蹀行皃李太白效古詩歸時落日晚躞蹀浮雲驄杜子美詩三更風起寒浪湧取樂喧呼覺船重白氏六帖趙飛燕舞宛轉如流風之迴雪摭言杜牧與官妓賭酒因微吟曰骰子逡巡裹手拈無因得見玉纖纖張祜應聲曰但知報道金釵落彷彿還應露指尖後漢符融幅巾奮褎談辭如雲注已見晉孫盛傳嘗詣殷浩談論對食奮擲麈尾毛落飯中王衍傳每捉玉柄麈尾與手同色按東坡先生以景祐三年丙子生是年元豐元年戊午年四十有三故云回頭四十二年非

次韻張十七九日贈子由

千戈萬槊擁篩籬。九日清樽豈復持。公自注是日南都敕使按兵官事無窮何日了菊花有信不吾欺。逍遙瓊館眞堪羨取次塵纓未可縻。迨此暇時須痛飲。他年長劍拄君頤。

晉史傅咸劾事云令史張濟案行城東有新立屋閒笆籬障二十丈晉傅咸傳楊濟與咸書曰天下大器非可稍了而相觀每事欲了生子癡了官事官事未易了也了事正作癡復爲快耳詩小雅迨我暇矣飲此湑矣杜子美醉時歌忘形到爾汝痛飲眞吾師戰國策田單攻狄不能下齊兒謠曰大冠若箕修劍拄頤攻狄不下累於梧丘李太白答王十二詩嚴陵高揖漢天子何必長劍拄頤事玉階

次韻王鞏獨眠

居士身心如槁木。旅館孤眠體生粟。誰能相思琢白玉。服藥千朝償一宿。天寒日短銀燈續。欲往從之車脫軸。何人吹斷參差竹。泗水茫茫鴨頭綠。

趙飛燕外傳體溫舒無軫粟盧仝詩白玉璞裏琢出相思心黃金礦裏鑄出相思淚續仙傳彭祖云上士別牀中士異被服藥百裏不如獨臥後人習其術號彭祖

經周易車說輻史記范雎傳須賈曰吾馬病車軸折楚辭九歌吹參差兮誰思

次韻王鞏留別

去國已八年故人今有誰當時交游內未數蔡克兒豈無知我者好爵半已縻爭爲東閣吏不顧北山移公子表獨立與世頗異馳不辭千里遠成此一段奇蛾眉亦可憐無奈思餅師無人伴客寢惟有支牀龜君歸與何人文字相娛嬉持此調張子一笑當脫頤

晉王導傳蔡謨戲嘲導導怒謂人曰吾往與羣賢共游洛中何曾聞有蔡克兒也謨蔡克子漢朱雲傳薛宣爲丞相雲往見之宣備賓主禮從容謂雲曰在田野無事且留我東閣可以觀四方奇士雲曰小生乃欲相吏耶宣不敢復言楚辭九歌表獨立兮山之上王羲之帖吾年垂耳順要欲一游目汶領足下但當保護以俟此期得果此緣一段奇事也本事詩寧王宅左有賣餅妻纖白明媚王一見屬目厚惠其夫取之寵愛逾等踰歲問曰汝復憶餅師否默然不對王召餅師使見之

其妻注視雙淚垂頰若不勝情王乃歸之時坐客數人皆當時文士無不悽異王命賦詩右丞王維先成曰莫以今時寵難忘舊日恩看花滿眼淚不共楚王言史記龜策傳南方老人用龜支牀足行二十歲老人死移牀龜尚生龜能行氣導引也張子謂安道也脫頤用匡衡解頤意注已見

登雲龍山

醉中走上黃茅岡。滿岡亂石如羣羊。岡頭醉倒石作牀。仰看白雲天茫茫。歌聲落谷秋風長。路人舉首東南望。拍手大笑使君狂。

次韻僧潛見贈

僧道潛字參寥於潛人能文章尤喜為詩嘗有句云風蒲獵獵弄輕柔欲立蜻蜓不自由五月臨平山下路藕花無數滿汀洲過先生於彭城甚愛之以書告文與可謂其詩句清絕與林逋上下而通了道義見之令人蕭然蘇黃門每稱其體製絕類儲光羲非近時詩僧所能及

道人胸中水鏡清。萬象起滅無逃形。獨依古寺種秋菊

要伴騷人餐落英。人間底處有南北。紛紛鴻鴈何曾冥
閉門坐穴一禪榻。頭上歲月空崢嶸。今年偶出爲求法
欲與慧劒加礱硎。雲衲新磨山水出。霜髭不剪兒童驚
公侯欲識不可得。故知倚市無傾城。秋風吹夢過淮水
想見橘柚垂空庭。故人各在天一角。相望落落如晨星。
彭城老守何足顧。棗林桑野相邀迎。千山不憚荒店遠
兩腳欲趁飛猱輕。多生綺語磨不盡。尚有宛轉詩人情。
猿吟鶴唳本無意。不知下有行人行。空堦夜雨自清絕。
誰使掩抑啼孤惸。我欲仙山掇瑤草。傾筐坐嘆何時盈。
簿書鞭扑晝塡委。煮茗燒栗宜宵征。乞取摩尼照濁水。

共看落月金盆傾

晉衞瓘見樂廣善談論奇之曰此人之水鏡見之瑩然傳燈錄六祖曰人有南北佛性無南北穴榻暗使管寧木榻事注見九卷遊靈隱高峰塔詩維摩經以智慧劍破煩惱賊揚子有刀者礱諸莊子養生主刀刃若新發於硎漢貨殖傳諺曰刺繡文不如倚市門劉禹錫送張盥序向所謂同年友當其盛時聯袂舉鑣亘絕九衢若屏風然今來落落如曙星之相望杜子美贈李白詩亦有梁宋遊相期拾瑤草詩國風采采卷耳不盈傾筐杜贈閭丘師兄詩夜闌接軟語落月如金盆又惟有摩尼珠可照濁水源

次韻潛師放魚

法師說法臨泗水。無數天花隨麈尾。勸將淨業種西方。莫待夢中呼起起。哀哉若魚竟坐口。遠愧知幾穆生醴。況逢孟簡對盧仝。不怕校人欺子美。疲民尚作魚尾赤。數罟未除吾顙泚。法師自有衣中珠。不用辛苦沙泥底。

佛頂心經說此陁羅尼已天雨寶花繽紛亂下高僧傳梁僧法雲講次天花散墜起起用鄭玄夢孔子事詳十卷孔長源挽詩注漢楚元王傳穆生不嗜酒元王常爲穆生設醴及王戊即位常設後忘設焉穆生退曰可以逝矣醴酒不設王之意怠不去楚人將鉗我於市稱疾臥申公白生强起之穆生曰易稱知幾其神乎君子見幾而作不俟終日遂謝病去唐孟簡爲常州刺史與盧仝遊北湖盡買漁人所獲魚放之仝作觀放魚歌校人鄭子產事見孟子左傳襄二十五年子美入數俘而出杜預曰子美子產也詩國風魴魚頳尾鄭箋頳赤也君子仕於亂世其顏色瘦病如魚勞則尾赤楞嚴經譬如有人於自衣繫如意珠不自覺知窮露它方乞食馳走忽有智者指視其珠所願從心致大饒富方悟神珠非從外得白樂天放魚詩不須泥沙底辛苦覓明珠公烏臺詩話元豐元年四月作次韻潛師放魚詩一首云疲民尚作魚尾赤左傳云如魚竀尾衡流而方羊裔注云魚勞則尾赤是時徐州大水之後大役數起軾言民之疲病如魚勞而尾赤也數罟謂魚網之細密者以言民既疲病朝廷又行青苗助役不爲除放如密網之取魚皆以譏朝廷新法不便以致大水之災也

與舒教授張山人參寥師同遊戲馬臺書西軒壁兼簡顏長道二首

古寺長廊院院行。此軒偏慰旅人情。楚山西斷如迎客。

汴水南來故遶城。路失玉鉤芳草合。林亡白鶴古泉清。淡游何以娛庠老。坐聽郊原琢磬聲。

桂花叢談咸通中李蔚鎮彭城於戲馬臺西連玉鉤斜道開創池沼構葺亭臺名之曰賞心白鶴則山中故事也陳無已詩話乃云眘山長公守徐嘗與客登項氏戲馬臺賦詩云路失玉鉤芳草合林亡白鶴古泉清廣陵亦有戲馬臺其下有路號玉鉤斜唐高宗東封有鶴下焉乃詔諸州爲老氏築宮名白鶴公蓋誤用而後所取信故不得不辨也禮記有虞氏養國老於上庠養庶老於下庠王注泗濱多磬石故云琢磬聲

竹杖芒鞵取次行。下臨官道見人情。天寒菽粟猶棲畝。日暮牛羊自入城。沽酒獨教陶令醉。題詩誰似皎公清。更尋陋巷顔夫子。乞取微言繼此聲。

左思魏都賦餘糧栖畝而不收詩國風日之夕矣牛羊下來王注廬山僧惠遠與陶潛遊常沽酒飲之又吳興僧清晝字皎然唐時有詩名於世又稱長道爲顔夫子故使陋巷字

滕縣時同年西園

人皆種榆柳，坐待十畝陰。我獨種松柏，守此一片心。君看閭里閒，盛衰日駸駸。種木不種德，聚散如飛禽。老時吾不識，用意一何深。知人得數士，重義忘千金。西園手所開，珍木來千岑。養此霜雪根，遲彼鸞鳳吟。池塘得流水，龜魚自浮沈。幽桂日夜長，白花亂青衿。豈獨蕃草木，子孫已成林。拱把不知數，會當出千尋。樊侯種梓漆，壽張富華簪。我作西園詩，以爲里人箴。

杜子美詩飽聞榿木三年大與致溪邊十畝陰禮記如竹箭之有筠也如松柏之有心也貫四時而不改柯易葉白樂天詩屈曲閑池沼無非手自開本草菌桂花白蕊黃牡桂亦曰白華葉冬夏常青文子十圍之大始於拱把後漢樊宏傳宏字靡卿南陽湖陽人也世祖之舅父重嘗欲作器物先種梓漆時人嗤之然積以歲

月皆得其用向之笑者咸求假焉貲至巨萬而賑贍宗族恩加鄉閭建武十五年定封宏壽張侯十八年帝過湖陽祠重墓追爵謚爲壽張敬侯

次韻王庭老和張十七九日見寄

霜葉投空雀啅籬。上樓筋力强扶持。對花把酒未甘老膏面染鬚聊自欺。無事亦知君好飲。多才終恐世相縻請看平日銜杯口。會有金椎爲控頤。

杜牧題北樓詩不爲尋山試筋力肎能寒上背雲樓劉夢得詩筋力上樓知又近來時世輕先輩好染髭鬚事後生晉陸機傳張華嘗謂之曰人爲文常恨才少子更患多莊子外物篇儒以詩禮發冢大儒臚傳曰東方作矣事之何若小儒曰未解裙襦口中有珠儒以金椎控其頤徐别其頰無傷口中珠

次韻參寥師寄秦太虛三絶句時秦君舉進士不得

秦郎文字固超然。漢武憑虛意欲仙。底事秋來不得解。

定中試與問諸天。

漢司馬相如傳既奏大人賦天子說飄飄然有陵雲氣游天地之閒意太平廣記袁昂書評云張伯英書如漢武愛道憑虛欲仙劉禹錫和宣上人放榜詩借問至公誰印可支郎天眼定中觀

一尾追風抹萬蹄。昆侖玄圃謂朝隮。回看世上無伯樂。卻道鹽車勝月題。

崔豹古今注秦始皇有七名馬一曰追風杜子美遣興詩地用莫如馬無良復誰記此日千里鳴追風可君意十洲記崑崙山三角北曰閬風西曰玄圃東曰崑崙宮韓退之雜說世有伯樂然後有千里馬千里馬常有而伯樂不常有莊子馬蹄篇加之以衡扼齊之以月題音義云月題馬額上當顱如月形者也

得喪秋毫久已冥。不須聞此氣崢嶸。何妨卻伴參寥子。無數新詩咳唾成。

與參寥師行園中得黃耳蕈

遣化何時取衆香。法筵齋鉢久凄凉。寒蔬病甲誰能採落葉一作藥空畦半已荒。老楮忽生黄耳菌。故人兼致白芽薑。蕭然放箸東南去。又入春山筍蕨鄉。

維摩詰遣化菩薩往衆香國禮彼佛足言願得世尊所食之餘欲於娑婆世界施作佛事於是香積如來以衆香鉢盛滿香飯與化菩薩悉飽衆會

百步洪 并引

王定國訪余於彭城。一日棹小舟與顔長道攜盼英卿三子。游泗水北上聖女山。南下百步洪。吹笛飲酒乘月而歸。余時以事不得往。夜著羽衣佇立黄樓上。相視而笑。以爲李太白死世間無此樂。三百餘年矣。定國既去逾月。復與參寥師放舟洪下。

追懷曩游已爲陳迹喟然而嘆故作二詩一以遺參寥一以寄定國且示顔長道舒堯文邀同賦云

長洪斗落生跳波。輕舟南下如投梭。水師絶叫鳧鴈起。亂石一線爭磋磨。有如兔走鷹隼落。駿馬下注千丈坡。斷絃離柱箭脫手。飛電過隙珠翻荷。四山眩轉風掠耳。但見流沫生千渦。嶮中得樂雖一快。何異水伯夸秋河。我生乘化日夜逝。坐覺一念逾新羅。紛紛爭奪醉夢裏。豈信荆棘埋銅駝。覺來俯仰失千刼。回視此水殊委蛇。君看岸邊蒼石上。古來篙眼如蜂窠。但應此心無所住。造物雖駛如吾何。回船上馬各歸去。多言譊譊師所呵。

流沫用莊子已見前注莊子秋水篇秋水時至百川灌河涇流之大兩涘渚涯之間不辨牛馬於是焉河伯欣然自喜又互見七卷八月十五觀潮詩注傳燈錄僧問金鱗寶資大師如何是金剛一隻箭師曰過新羅國去又古德云鷂子過新羅晉索靖傳有先識遠量知天下將亂指洛陽宮門銅駝嘆曰會見汝在荊棘中揚子譊譊者天下皆訟也又呱呱之子各識其親譊譊之學各習其師華嚴經愚人之所貪諸佛所訶

佳人未肯回秋波幼輿欲語防飛梭輕舟弄水買一笑醉中盪槳肩相磨摩同不學長安閭里俠貂裘夜走臙脂坡獨將詩句擬鮑謝涉江共採秋江荷不知詩中道何語但覺兩頰生微渦我時羽服黃樓上坐見織女初斜河歸來笛聲滿山谷明月正照金叵羅奈何捨我入塵土擾擾毛羣欺臥駝不念空齋老病叟退食誰與同委蛇時來洪上看遺迹忍見屐齒青苔窠詩成不覺雙淚

下悲吟相對惟羊何欲遣佳人寄錦字夜寒手冷無人呵

傅武仲舞賦目流眄而横波晉謝鯤傳鯤字幼輿隣家高氏女有美色鯤挑之女投梭折其兩齒時人爲之語曰任達不已幼輿折齒鯤聞之傲然長嘯曰猶不廢我嘯歌戰國策蘇秦說齊宣王曰臨淄之途車轂擊人肩摩異聞集書仙歌長安南坡名臙脂曹家有女名文姬杜子美遣興詩賦詩何必多往往凌鮑謝宋玉招魂涉江采菱發陽阿李太白詩涉江弄秋水愛此荷花鮮班固西都賦毛羣内闐飛羽上覆詩國風委蛇委蛇退食自公謝靈運登臨海嶠作題云與從弟惠連可見羊何共和之沈約宋書靈運既東還與族弟惠連東海何長瑜潁川荀雍太山羊璿之共爲山澤之遊時人謂之四友李白久離别歌中有錦字書開緘使人嗟王仁裕開寶遺事李白於便殿草詔時大寒筆凍帝令宮妓十人各執牙筆呵之令白遞取書字

送參寥師

上人學苦空百念已灰冷劍頭惟一吷焦穀無新穎胡爲逐吾輩文字爭蔚炳新詩如玉屑出語便清警退之

論草書萬事未嘗屏憂愁不平氣一寓筆所騁頗怪浮屠人視身如丘井頹然寄淡泊誰與發豪猛細思乃不然眞巧非幻影欲令詩語妙無厭空且靜靜故了羣動空故納萬境閱世走人間觀身臥雲嶺鹹酸雜衆好中有至味永詩法不相妨此語當更請

維摩經如焦谷牙又是身如丘井爲老所逼一吷用莊子字蔚炳用周易字並已見韓退之送高閑上人序張旭善草書喜怒窘窮酣醉無聊不平有動於心必於草書發之今閑師浮屠氏其爲心泊然無所起其於世澹然無所嗜泊與澹相遭頹墮委靡潰敗不可收拾則其於書得無象之乎按公詩乃用其意而反之柳宗元報崔黯書有嗜酸鹹者不得則大戚

夜過舒堯文戲作 名煥字堯文時爲教授見本卷中秋月注

先生堂上霜月苦弟子讀書喧兩廡推門入室書縱橫

蠟紙燈籠晃雲母。先生骨清少眠臥。長夜默坐數更鼓
耐寒。石研欲生冰。得火。銅缾如過雨。郎君欲出先自贊
坐客斂袵誰敢侮。明朝阮籍過阿戎。應作羲之羨懷祖

韓退之桃源歌月明伴宿玉堂空骨冷魂清無夢寐劉筠詩溪箋未破氷生研白樂天懶放詩今早天氣寒郎君應不出自贊字出漢書東方朔傳晉王戎傳阮籍嘗適戎父渾俄頃輒去過戎良久然後出謂渾曰共卿言不如共阿戎談晉王羲之傳謂諸子曰吾不減懷祖而位遇懸邈當由汝等不及坦之故邪王述字懷祖坦之述子也

十月十五日觀月黃樓席上次韻

中秋天氣未應殊。不用紅紗照坐隅。山下白雲橫匹素
水中明月臥浮圖。未成短棹還三峽。已約輕舟泛五湖
為問登臨好風景。明年還憶使君無。

吳越春秋范蠡扁舟出三江入五湖人莫知其所適

答王定民

王定民字佐才東萊人俊民弟也

開緘奕奕滿銀鉤。書尾題詩語更遒。八法舊聞宗長史。五言今復擬蘇州。筆蹤好在留臺寺。旗隊遙知到石溝。欲寄鼠須幷蠒紙。請君章草賦黃樓。

晉索靖傳草書之爲狀也婉若銀鉤飄若驚鸞法書苑索靖矜其書名曰銀鉤蠆尾又八法起於隸字始自崔張鍾繇傳授李陽冰云王逸少工書十五年中偏工永字以其八法之勢能通一切字長史張旭也韋蘇州注再見鼠須蠒紙注見本卷章草漢元帝時史游作急就章解散隸體

次韻王廷老退居見寄二首

王廷老字伯敭

浪蘂浮花不辨春。歸來方識歲寒人。回頭自笑風波地。閉眼聊觀夢幻身。北牖已安陶令榻。西風還避庾公塵。

更搔短髮東南望，試問今誰裹舊巾。

韓退之杏花詩：浮花浪蘂鎮長有，纔開還落瘴霧中。金剛經：一切有爲法，如夢幻泡影。晉王導傳：庾亮雖居外鎮，而執朝廷之權，導内不能平。嘗遇西風起，舉扇自蔽，徐曰：元規塵汙人。亮字元規。

接果移花看補籬，腰鎌手斧不妨持。上都新事長先到，老圃閑談未易欺。釀酒閉門開社甕，殺牛留客解耕縻。何時得見纖纖玉，右手持杯左捧頤。

鮑明遠詩：腰鎌刈葵藿。杜子美詩：獨遶虛齋徑，常持小斧柯。唐書：劉黑闥屛居漳南，諸將詣之，黑闥方種蔬，卽殺耕牛與之共飲。

次韻顏長道送傅倅

兩見黃花掃落英，南山山寺遍題名。宗成不獨依岑范，魯衛終當似弟兄。去歲雲濤浮汴泗，與君泥土滿衣纓。

如今別酒休辭醉。試聽雙洪落後聲。

宗岑用東漢宗資成晉事詳見十一卷趙郎中見和詩注雙洪葢徐州二水先生徐州鹿鳴燕賦詩叙云俯聽雙洪之號怒卽此也

施註蘇詩卷之十五

施註蘇詩卷之十六

漫堂先生宋　犖
樸園先生張榕端　閱定

長洲顧嗣立
毗陵邵長蘅　刪補
商丘宋　至

詩四十八首 起在彭城至元豐己未移守吳興作

雲龍山觀燒得雲字

丁女眞水妃。寒山便火耘。隕霜知已殺。坯戶聽初焚。束縕方熠燿。敲石俄氤氳。落點甘泉烽。橫煙楚塞氛。窮虵上喬木。潛蛟躡浮雲。驚飛墮傷雁。狂走迷癡麏。谷蟄起蜩燕。山妖竄夔羵。野竹爆哀聲。幽桂飄寃芬。悲同秋照蟹快若夏燎蚊火牛入燕壘燧象奔吴軍崩騰井陘口萬馬皆朱幘揺曳驪山陰諸姨爛紅裙方隨長風卷忽值絶澗分我本山中人習見匪獨聞偶從二三子來訪張隱君君家亦何有物象移朝曛把酒看飛燼空庭落繽紛行觀農事起畦壠如纈紋細雨發春穎嚴霜倒秋蕡始知一炬力洗盡狐兔羣

韓退之陸渾火詩女丁婦壬傳世婚左傳昭九年鄭裨竈曰火水妃也杜預曰火畏水故爲之妃妃一音配史記貨殖傳楚越之地地廣人稀飯稻羹魚或火耕而水耨左傳僖三十三年隕霜不殺草定元年冬十月隕霜殺菽月令蟄蟲坯戶又是月也草木黄落乃伐薪爲炭漢蒯通傳東緼請火毛詩注熠燿燐也已見前柳宗元詩夜發敲石火杜子美烽火詩雲邊落點殘漢匈奴傳孝文帝時胡騎入代句注邊烽火通於甘泉長安關輔記甘泉宫在今池陽縣西去長安三百里左傳襄二十七年伯夙謂趙孟曰楚氛甚惡漢志天馬歌籋浮雲籋音躡國語木石之怪曰夔魍魎水之怪曰龍罔象土之怪曰羵羊白樂天别東林詩春雨星攢尋蟹

火注餘杭風俗寒食雨後家家持燭尋蟹歐陽公憎蚊詩熏簷苦煙埃燎壁疲照燭史記田單傳灌脂束葦於牛尾燒其端夜縱之牛尾熱怒而奔燕軍所觸盡死左傳定四年楚鍼尹固與昭王同舟王使執燧象以奔吳師杜預曰燒火燧繫象尾使赴吳師驚卻之謝靈運詩崩騰永嘉末韓退之詩崩騰相排擠漢韓信傳未至井陘口三十里止舍夜半傳發選騎二千人人持一赤幟從間道萆山而望趙軍戒曰趙見我走必空壁逐我若疾入拔趙幟立漢幟趙軍還歸壁壁皆漢赤幟大驚遂亂遁走毛詩碩人注朱幩以朱纏鑣扇汗也舊唐書楊貴妃傳姊三人皆有才貌玄宗並封夫人長曰大姨封韓國三姨封虢國八姨封秦國每年十月幸華清宮國忠姊妹五家扈從每家一隊著五色衣五家合隊照映如百花之煥發互見八卷和蘇州太守詩註玄宗紀天寶六載改驪山溫泉爲華清宮

和田國博喜雪

疇昔月如晝，曉來雲暗天。玉花飛半夜，翠浪舞明年。螟螣無遺種，流亡稍占田。歲豐君不樂，鐘磬幾時編。公自注田有服不樂

禮記檀弓余疇昔之夜王注玉花言雪翠浪言麥雪盛則麥熟也柳子厚詩麥芒際天搖青波詩小雅去其螟螣及其蟊賊漢宣帝紀流民自占八萬餘口周禮磬

師註宮懸有編鐘編磬

祈雪霧豬泉出城馬上作贈舒堯文

三年走吴越。踏遍千重山。朝隨白雲去。暮與棲鴉還。翩如得木狖。飛步誰能攀。一爲符竹累。坐老敲榜閒。此行亦何事。聊散腰腳頑。浩蕩城西南。亂山如玦環。山下野人家。桑柘雜榛菅。歲晏風日暖。人牛相對閑。薄雪不蓋土。麥苗稀可删。願君發豪句。嘲詠破天慳。

韓退之詩青玉刻佩聯玦環果州清居和尚述牧牛圖第十章露地白牛安眠牧者禪寂第十一章牛亡而鞭箠尚在第十二章人牛俱亡

次韻舒堯文祈雪霧豬泉

長笑蚍醫一寸腹。銜水吐雹何時足。蒼鵝無罪亦可憐斬頸橫盤不敢哭。豈知泉下有豬龍。臥枕雷車踏陰軸。前年太守爲旱請。雨點隨人如撒菽。公自注傅欽之曾禱此泉得雨太守歸國龍歸泉。至今人詠淇園綠。我今又復罹此旱。凜凜疲民在溝瀆。卻尋舊跡叩神泉。坐客仍攜王子淵。公自注欽之時容惟舒在矣看草中和樂職頌。新聲妙語慰華顛。曉來泉上東風急。須上冰珠老蛟泣。怪詞欲逼龍飛起。險韻不量吾所及。行看積雪厚埋牛。誰與春工掀百蟄。此時還復借君詩。餘力汰輸仍貫笠。揮毫落紙勿言疲。驚龍再起震失匙。

酉陽雜俎王彥威鎮汴夏旱季玘曰欲雨甚易耳求蛇醫四頭十石甕二枚每甕二蛇醫水浮其中木蓋泥之分置閑處設席燒香選小兒十歲已下十餘令執小

青竹晝夜擊之不得少輟一日雨夜雨大注蜓醫蜥蜴別名夷堅乙志劉居中隱嵩山巔有大蜥蜴數百皆長三四尺人以食就手飼之拊摩其體滑膩如脂一日聚繞水盎邊各就取水纔入口即吐出已圓結似彈丸積之於側俄頃間纍纍滿地忽震雷一聲彈丸皆失去明日人來言昨午雨雹大作乃知蜥蜴所爲者此也王註祈雨法刑白鵝景德皇祐中詔以其法頒下諸道又志林云鵝能警盜亦能卻蛇且又有祈雨厄悲夫北夢瑣言邛州有湫有牝豕出入號豬龍湫又元和末建州山寺夜半門外喧然人於牕中窺見數人運斤造雷車博物志地下四柱三十六萬軸犬牙相牽漢王褒字子淵作中和樂職宣布詩詳見十卷次韻章傳道喜雨詩注後漢崔駰傳包胥單辭而存楚唐且華顛以悟秦注華顛謂白首也左傳宣四年伯棼射王汰輈以貫笠轂三國蜀先主傳方食失七箸注已見

石炭 并引

彭城舊無石炭元豐元年十二月始遣人訪獲於州之西南白土鎮之北冶鐵作兵犀利勝常云

君不見前年雨雪行人斷。城中居民風裂骭。濕薪半束抱衾裯。日暮敲門無處換。豈料山中有遺寶。磊落如瑿音衣萬車炭。流膏迸液無人知。陣陣腥風自吹散。根苗一發浩無際。萬人鼓舞千人看。投泥潑水愈光明。爍玉流金見精悍。南山栗林漸可息。北山頑鑛何勞鍛。為君鑄作百鍊刀。要斬長鯨為萬段。杜子美詩城中斗米換衾裯相許寧論兩相直唐韻礐美石黑色楚辭宋玉招魂十日代出流金爍石晉載記赫連勃勃造百鍊剛刀為龍雀大鐶李白王節士歌安得倚天劍跨海斬長鯨唐段秀實傳罵朱泚云狂賊可斬萬段

人日獵城南會者十人以身輕一鳥過槍急萬人呼為韻得鳥字京東第二將雷勝隴西人以勇敢應募得官武力絕人騎射敏妙按閱於徐徐人欲觀其能公為小獵城西是日小雨甫晴土潤風和觀者數千人公作獵會詩序

兒童笑使君。憂慍長悄悄。誰拈白接䍦。令跨金騕褭。東

風吹濕雪手冷怯清曉忽發兩鳴髇虛交切相趁飛蝱小放弓一長嘯目送孤鴻矯吟詩忘鞭轡不語頭自掉歸來仍脫粟鹽豉煮芹蓼何似雷將軍兩眼霜鶻皎黑頭已爲將百戰意未了馬上倒銀瓶得兎不暇燎少年負奇志蹭蹬百憂繞回首英雄人老死已不少青春還一夢餘年眞過鳥莫上呼鷹臺平生笑劉表

詩國風憂心悄悄慍于羣小唐韻摬䶨白帽也晉山簡事注再見杜子美詩細馬時鳴金騕褭唐韻髇箭卽鳴鏑也漢匈奴傳冒頓迺作鳴鏑習勒其騎射因話錄楊巨源年老頭數掉言吟詩多致得白樂天詩閑倚小橋立掉頭時一吟唐書令狐潮圍雍丘雷萬春立城上面中六矢而不動潮遥謂張巡曰向見雷將軍乃知足下軍令矣晉諸葛恢傳王導嘗謂曰明府當爲黑頭公杜子美詩馬上誰家白面郎又指點銀瓶索酒嘗世說魏武將見匈奴使自以形陋不足雄遠國使崔季珪代帝自捉刀立牀頭既畢使間諜問曰魏王何如匈奴使荅曰魏王雅望非常然牀頭捉刀人此乃英雄也張景陽雜詩人生瀛海內忽如鳥過目杜子美詩餘

生如過鳥襄陽耆舊傳劉表爲荊州刺史築臺名呼鷹仍作野鷹來曲襄沔記劉表呼鷹臺在縣東七里高三丈周七十丈

將官雷勝得過字代作

胡騎入雲中。一作回中急烽連夜過。短刀穿鹵陣。濺血貂裘涴。一來輦轂下。愁悶惟欲臥。今朝從公獵。稍覺天宇大。一雙鐵絲箭。未發手先唾。射殺雪毛狐。腰間餘一箇。漢匈奴傳孝文後四年匈奴大入上郡雲中各三萬騎漢書注回中地在安定其中有宮劉禹錫登天壇詩俯觀羣動靜始覺天宇大杜子美期王將軍不至詩憶爾腰下鐵絲箭射殺林中雪色鹿後漢公孫瓚傳始天下兵起我謂唾掌可決

臺頭寺步月得人字

風吹河漢掃微雲。步屧中庭月趁人。浥浥爐香初泛夜。離離花影欲搖春。遥知金闕同清景。想見氈車輾暗塵。

回首舊遊眞是夢。一簪華髮岸綸巾。

臺頭寺送宋希元

相從傾蓋只今年。送别南臺便黯然。入夜更歌金縷曲。他時莫忘角弓篇。公自注是日與宋君同栽松寺中 三年不顧東鄰女。公自注取宋玉 二頃方求負郭田。公自注取季子 我欲歸休君未可。茂先方議斸龍泉。

江文通别賦黯然消魂者唯别而已杜牧之秋娘詩秋持玉斝醉與唱金縷衣左傳昭二年晉侯使韓宣子來聘享之韓子賦角弓既享宴于季氏有嘉樹焉韓宣子譽之武子曰宿敢不封殖此樹以無忘角弓宋玉好色賦臣東家之子登牆闚臣三年至今未許也晉張華傳字茂先初牛斗間常有紫氣華聞豫章人雷煥妙達緯象乃要問之煥曰寶劍之精上徹于天耳問何郡煥曰在豫章豐城卽補煥爲豐城令煥到縣掘獄基入地四丈得石函中有雙劍竝刻題一曰龍泉二曰太阿是夕斗牛間氣不復見杜子美詩徒勞望牛斗無計斸龍泉

種松得徠字（公自注其四在懷古堂其六在石經院）

春風吹榆林亂莢飛作堆○荒園一雨過○戢戢千萬栽○青松種不生百株望一枚○一枚已有餘○氣壓千畝槐○野人易斗粟云自魯徂徠○魯人不知貴○萬竈飛青煤○束縛同一車胡爲乎來哉○泫然解其縛○清泉洗浮埃○枝傷葉尚困生意未肎回○山僧老無子○養護如嬰孩○坐待走龍虵○清陰滿南臺○孤根裂山石○直幹排風雷○我今百日客○（公自注時去替不百日）養此千歲材○茯苓無消息○雙鬢日夜摧○古今一俛仰○作詩寄餘哀○

詩魯頌徂徠之松新甫之柏　杜子美詩幹排雷雨猶力爭　淮南子千歲之松下有茯苓上有兔絲　抱樸子松脂入地千年變爲茯苓　又任子季服茯苓十八年不復

食穀面體玉光

作書寄王晉卿忽憶前年寒食北城之游走筆爲此詩王晉卿名詵太原人徙開封能詩善畫以選尚魏國賢惠公主毋宣仁高后於神宗爲同産晉卿慕東坡與相游從嘗爲作寶繪堂記

北城寒食烟火微。落花胡蝶作團飛。王孫出游樂忘歸。門前騘馬紫金鞿。吹笙帳底煙霏霏。行人舉頭誰敢睎。扣門狂客君不麾。更遣傾城出翠帷。書生老眼省見稀。畫圖但覺周昉肥。別來春物已再菲。西望不見紅日圍。何時東山歌采薇。把盞一聽金縷衣。

李賀秦宮詞帳底吹笙香霧濃再見唐韻睎望也盼也柳子厚聞歌詩翠帷雙卷出傾城歷代畫斷周昉畫子女爲古今之冠王注東山東征之詩也采薇三章皆

言曰歸曰歸

往在東武與人往反作粲字韻詩四首今黃魯直亦次韻見寄復和答

苻堅破荊州止獲一人半中郎老不遇但喜識元歎我今獨何幸文字厭奇玩又得天下才相從百憂散陰求我輩人規作林泉伴寧當待垂老倉卒收一旦不見梁伯鸞空對孟光案才難不其然婦女厠周亂世豈無作者於我如既盥一作灌獨喜誦君詩咸韶音節緩夜光一已多矧獲纍纍貫相思君欲瘦不往我眞懦吾儕眷微祿寒夜抱寸炭何時定相過徑就我乎館飄然東南去江

水清且暖。相與訪名山。微言師忍粲。晉習鑿齒傳襄陽陷於苻堅堅素聞其名與釋道安俱輿而至以其有蹇疾與諸鎮書云昔晉氏平吳利在二陸今破漢南獲士才一人半耳又高僧傳云苻堅謂安公一人鑿齒半人也晉地理志魏盡得荆州之地分南郡以北立襄陽郡江表傳蔡伯喈貴異顧雍謂曰卿必成名今以吾名與卿故名雍吳錄顧雍爲蔡邕所嘆故字元歎蔡邕初平元年拜左中郎將晉石苞傳許允謂苞曰卿是我輩人杜子美嚴別駕相從歌垂老遇君未恨晚似君當向古人求韓退之別知賦惟知心而難得斯一旦而爲收述異記有珠夜可以鑒故名夜光趙后外傳眞臘夷獻萬年蛤不夜珠光彩皆若月照獻帝春秋呂布問曹公明公何瘦荅曰所以瘦恨不蚤相得故也杜子美寄岑參詩思君令人瘦家語孔子曰生於我乎館杜子美聽許十誦詩余亦師粲可身猶縛禪寂傳燈錄第三十祖僧粲三十二祖弘忍卽中華三祖五祖也

雪齋公自注杭僧法言作雪山於齋中

君不見峩眉山西雪千里。北望成都如井底。春風百日吹不消。五月行人如凍蟻。紛紛市人爭奪中。誰信言公

似贊公人間熱惱無處洗故向西齋作雪峰我夢扁舟入吳越長廊靜院燈如月開門不見人與牛公自注言有詩見寄云林下閑看水牯牛惟見空庭滿山雪

楚辭招魂曾冰峩峩飛雪千里舊唐書杜悰傳吐蕃維州南界江陽岷山連嶺而西不知其極北望隴山積雪如玉東望成都若在井底鹵號無憂城李德裕傳亦云新書吐蕃傳削去成都井底語杜子美詩贊公釋門老放逐還上國華嚴經以白旃檀塗身能除一切熱惱白樂天詩既無白旃檀何以除熱惱人牛注見本卷

以雙刀遺子由子由有詩次其韻

寶刀匣不見但見龍雀環何曾斬蛟蛇亦未切琅玕胡爲穿窬輩見之要領寒吾刀不汝問有媿在其肝念此力自藏包之虎皮斑湛然如古井終歲不復瀾不憂無所用憂在用者難佩之非其人匣中自長歎我老衆所

易屢遭非意干。惟有王玄通。堦庭秀芝蘭。知子後必大。故擇刀所便。屠狗非不用。一歲六七刓。欲試百鍊剛。要須更泥蟠。作詩銘其背。以待知者看。

龍雀鐶用赫連勃勃事注見本卷王粲刀銘陸暫犀兕水截鯨鯢列子湯問篇周穆王征西戎西戎獻昆吾之劍用之切玉如切泥焉漢張騫傳竟不得月氏要領杜子美詩妖腰亂領敢欣喜禮記倒載干戈包之以虎皮白樂天古劍詩湛然玉匣中秋水澄不流又詩無波古井水韓退之詩法曹貧賤衆所易晉衞玠云非意相干可以理遣再見晉王覽傳覽字玄通呂虔有佩刀工相之以爲必登三公可佩此刀虔謂覽兄祥曰卿有公輔之量故以相與祥臨薨以刀授覽曰汝後必興足稱此刀覽後奕世多才興于江左左傳閔元年卜偃曰畢萬之後必大史記刺客傳荆軻愛燕之狗屠及善擊筑者高漸離又樊噲傳沛人也以屠狗爲事漢書注刓圭角泯鑠也莊子養生主族庖月更刀折也揚子龍蟠于泥蚖其肆矣家語周廟金人三緘其口而銘其背

游柏山會者十人以春水滿四澤夏雲多奇峰爲韻得澤字

東郊欲尋春。未見鶯花迹。春風在流水。鳧鴈先拍拍。孤帆信溶漾。弄此半篙碧。檥舟桓山下。長嘯理輕策。彈琴石室中。幽響清礫礫。弔彼泉下人。野火失枯腊。悟此人間世。何者爲眞宅。暮回百步洪。散坐洪上石。愧我非王襃。子淵肎見客。臨流吹洞簫。水月照連壁。此歡眞不朽。回首歲月隔。想像斜川游。作詩繼彭澤。

韓退之病鴟詩青泥揜兩翅拍拍不得離 桓山在彭城泗水上郎宋司馬桓魋墓又先生游桓山記云登桓山入石室使道士戴日祥鼓雷氏之琴此詩葢紀實也 莊子有人間世篇 漢楊王孫傳報祈侯書曰支體東絡口含玉石欲化不得鬱爲枯腊千載之後棺槨朽腐乃得歸土就其眞宅 漢王襃有洞簫賦子淵襃字又王襄爲益州刺史得王襃薦之詳已見前連璧謂王氏兄弟子立子敏也 晉夏侯湛傳與潘安仁同輿接茵京都人謂之連璧 陶淵明游斜川詩引云辛丑歲正月五日與二三鄰曲同游斜川欣對不足共爾賦詩淵明嘗爲彭澤令

戴道士得四字代作 戴日祥江南人也

少小家江南。寄跡方外士。偶隨白雲出。賣藥彭城市。雪霜侵鬢髮。塵土汙冠袂。賴此三尺桐。中有山水意。自從夷夏亂。七絲一作絃久已弃。一作廢心知鹿鳴三。不及胡琴四。使君獨慕古。嗜好與衆異。共弔桓魋宮。一灑孟嘗淚。歸來鎖塵匣。獨對斷絃喟。挂名石壁間。寂寞千歲事。

韓退之送張道士詩序寄跡老子法中莊子大宗師孔子曰彼游方之外者也後漢韓康傳常采藥名山賣於長安市琴操琴長三尺六寸六分以象三百六十六日列子湯問篇伯牙善鼓琴鍾子期善聽伯牙鼓琴志在高山子期曰善哉峩峩乎若太山志在流水子期曰善哉洋洋乎若江河古今樂錄天寶十三載始詔道調法曲與胡部新聲合作自爾夷夏之聲相亂無復辨者左傳襄四年歌鹿鳴之三三拜琴操有鹿鳴曲三疊胡琴琵琶也本胡中馬上所鼓四絃以象四時詳五卷宋叔達家聽琵琶詩注孟嘗淚用雍門周鼓琴事詳見四卷甘露寺詩注呂氏春秋鍾子期死伯牙破琴絕絃終身不復鼓琴杜子美詩千秋萬歲名寂寞身後事

次韻田國博部夫南京見寄二絕

歲月翩翩下坂輪。歸來杏子已生人。深紅落盡東風惡。柳絮榆錢不當春。

玉燭寶典寒食爲大麥粥研杏仁爲酪引餳沃之李義山詩粥香餳白杏花天白樂天詩畱餳和冷食出火煮新茶

火冷餳稀杏粥稠。青裙縞袂餉田頭。大夫行役家人怨。應羨居鄉馬少游。

馬少游語在後漢馬援傳詳見六卷山村詩註

月夜與客飲杏花下

眞蹟草書在武寧宰吳節夫家今刻於黃州先生詩話僕在徐州王子立子敏皆館於予蜀人張師厚來過二王方年少吹洞簫飲酒杏花下

杏花飛簾散石刻作報餘春。明月入戶尋幽人。褰衣步月踏花影。炯如流水涵青蘋。花間置酒清香發。爭挽長條落香雪山城薄酒不堪飲。勸君且吸杯中月。洞簫聲斷月明中。惟憂月落酒杯空。明朝卷地春風惡。但見綠葉棲殘紅。

送蜀人張師厚赴殿試二首

忘歸不覺鬢毛斑。好事鄉人尚往還。斷嶺不遮西望眼。送君直過楚王山。韓退之西山詩爲遮西望眼終是懶回頭史記項羽紀自立爲西楚霸王王九郡都彭城王注此地有楚王山

雲龍山下試春衣。放鶴亭前送落暉。一色杏花三十里。新郎君去馬如飛。公放鶴亭記雲龍山人張天驥於故居之東作亭山人有二鶴旦則望西山之缺以放焉暮則傃東山而歸故名之曰放鶴亭摭言神龍以來新進士杏園宴後皆

於慈恩塔下題名又薛監逢值新進士出前導曰迴避新郎君又沈嵩得新牓封示羅隱隱詩曰人如流電馬如飛

再次韻答田國博部夫還二首

西郊黃土沒車輪。滿面風埃笑路人。已放役夫三萬指。從教積雨洗殘春。

枝上稀疎地上稠。忍看紅糝落牆頭。風流別乘多才思。歸趁西園秉燭游。白樂天詩枝上稀疎地上多韓退之詩始見洛陽春桃枝綴紅糝唐置別駕爲太守之貳謂之別乘魏文帝詩乘輦夜行遊逍遙步西園古詩何不秉燭遊

田國博見示石炭詩有鑄劍斬佞臣之句次韻答之

楚山鐵炭皆奇物。知君欲斫姦邪窟。屬鏤無眼不識人。

楚國何曾斬無極。玉川狂直古遺民。救月裁詩語最眞。千里妖蟇一寸鐵。地上空愁蟣蝨臣。

左傳哀十一年吳王賜子胥屬鏤以死又昭二十七年楚令尹子常殺費無極王注無眼不識人暗用國志云此箭無眼不識人語周禮夏官大僕救日月亦如之秋官庭氏救月之矢夜射之盧仝月蝕詩傳聞古老說月蝕蝦蟇精徑圍千尺入汝腹如此癡騃阿誰生又地上蟣蝨臣仝告訴帝天皇臣心有鐵一寸可刳妖蟇痴腸仝號玉川子

答郡中同僚賀雨

水旱行十年。饑疫遍九土。奇窮所向惡。歲歲祈晴雨。雖非爲己求。重請終愧古。鬼神亦知我。老病入腰膂。何曾拜向人。此意難不許。重雲萋已合。微潤先流礎。蕭蕭止還作。坐聽及三鼓。天明將吏集。泥土滿韠屨。登城望麰麥綠浪風掀舞。愧我賢友生。雄篇鬭新語。君看大熟歲風雨占十五。天地本無功。祈禳何足數。渡河不入境。豈若無蝗虎。而況刑白鵝。下策君勿取。

穀梁子雩者爲旱求者也求者請也古人重請何重乎請人之所以爲人者讓也請道去讓也唐書田承嗣盜有貝博魏衞相磁洺七州未嘗入朝每對詔使言辭不遜郭子儀遣使至承嗣西望拜曰玆膝不屈於人久矣今爲公拜詩小雅有渰萋萋注渰雲興貌淮南子山雲蒸而柱礎潤京房易候太平之世五日一風十日一雨後漢劉昆傳爲弘農太守虎皆負子渡河卓茂傳爲密令時天下大蝗河南二十餘縣皆被其災獨不入密縣界刑鵝用以祈雨事具景德皇祐詔書又見本卷後漢匈奴傳漢得下策世說周仲智飲酒醉瞋目還面舉蠟燭火擲伯仁伯仁笑曰阿奴火攻固出下策耳

罷徐州往南京馬上走筆寄子由五首

吏民莫扳援。歌管莫凄咽。吾生如寄耳。寧獨爲此別。別離隨處有。悲惱緣愛結。而我本無恩。此涕誰爲設。紛紛

等兒戲鞭鐙遭割截道邊雙石人幾見太守發有知當解笑撫掌冠纓絕

法華經大通智勝如來廣說十二因緣觸緣受受緣愛又生緣老死憂悲苦惱漢周亞夫傳霸上棘門特兒戲耳開元天寶遺事姚崇牧荊州受代日吏民泣擁馬首截鐙留鞭以爲遺愛漢百官表郡守秦官景帝中二年更名太守晉陸雲傳張華撫掌大笑史記滑稽傳淳于髡仰天大笑冠纓索絕

父老何自來花枝褭長紅洗盞拜馬前請壽使君公前年無使君魚鼈化兒童舉鞭謝父老正坐使君窮窮人命分惡所向招災凶水來非吾過去亦非吾功

後漢劉寵傳白會稽太守徵爲將作大匠山陰縣有五六老叟厖眉皓髮人齎百錢以送寵寵勞之曰父老何自苦王注方俗送官罷任以花枝挂綵謂之長紅白樂天初到江州詩將迎勞動使君公左傳昭元年劉子曰微禹吾其魚乎

古汴從西來迎我向南京東流入淮泗送我東南行塹

別復還見依然有餘情。春雨一作風漲微波。一夜到彭城過我黃樓下。朱欄照飛甍。可憐洪上石。誰聽月中聲。

前年過南京。麥老櫻桃熟。今來舊游處。櫻麥半黃綠。歲月如宿昔。人事幾反覆。青衫老從事。坐穩生髀肉。聯翩閱三守。迎送如轉轂。歸耕何時決。田舍我已卜。

杜子美魏將軍歌將軍昔著從事衫九州春秋劉備在荊州嘗於劉表坐起至廁見髀裏肉生流涕曰平常身不離鞍髀肉皆消今不復騎髀裏肉生日月若馳老將至矣而功業不建是以悲耳賈島詩碌碌復碌碌百年轉雙轂

卜田向何許。石佛山南路。下有爾家川。千畦種秔稌。山泉宅龍蜃。平地走膏乳。異時畝一金。近欲爲逃戶。逝將解簪紱。賣劍買牛具。故山豈不懷。廢宅生蒿穭。便恐桐鄉人。長祠仲卿墓。

王注石佛山在眉州眉山縣之南 漢東方朔傳 酆鎬之間號爲土膏其賈畝一金 李太白詩 幾日相别離門前生穭葵 漢朱邑傳 字仲卿少時爲桐鄉嗇夫遇民有恩吏民敬愛焉及死其子葬之桐鄉西郭外民共爲邑起冢立祠歲時祠祭又互見二卷送任伋通判詩注

次韻曹九章見贈

蘧瑗知非我所師。流年已似手中蓍。正平獨肎從文舉。中散何曾靳孝尼。賣劍買牛眞欲老。得錢沽酒更無疑。雞豚異日爲同社。應有千篇唱和詩。

蘧瑗事出淮南子注巳見 周易 大衍之數五十其用四十有九 後漢禰衡傳 字正平唯善孔融及楊脩常曰大兒孔文舉小兒楊德祖融亦深愛其才上疏薦之融字文舉 晉嵇康傳 將刑東市索琴彈之曰昔袁孝尼嘗從吾學廣陵散每靳固之廣陵散於今絶矣康仕魏爲中散大夫袁淮字孝尼 杜子美醉時歌 得錢卽相覓沽酒不復疑 韓退之南谿詩 願爲同社人雞豚燕春秋

書泗州孫景山西軒

落日明孤塔。青山繞病身。知君向西望。不愧塔中人。

泗州有僧伽塔塔中人蓋指僧伽

過淮三首贈景山兼寄子由

好在長淮水。十年三往來。功名眞已矣。歸計亦悠哉。今日風憐客。平時浪作堆。晚來洪澤口。捍索響如雷。

離騷已矣國無人莫我知兮漢蘇武傳李陵曰已矣令子卿知吾心耳詩國風悠哉悠哉九域志楚州淮陰縣洪澤鎮

過淮山漸好。松檜亦蒼然。藹藹藏孤寺。泠泠出細泉。故人眞吏隱。小檻帶巖偏。卻望臨淮市。東風語笑傳。

杜子美高齋詩吏隱適性情汝南先賢傳鄭欽吏隱于蟻陂之陽

回首濰陽幕簿書高沒人何時桐柏水一洗庾公塵此去漸佳境獨游長慘神待君詩百首來寫浙西春

桐柏山在唐州桐柏縣淮水所出庾公塵用王導語庾亮字元規注見上卷次韻王廷老退居晉顧愷之傳每食甘蔗常自尾至本人或怪之云漸入佳境

舟中夜起

微風蕭蕭吹菰蒲開門看雨月滿湖舟人水鳥兩同夢大魚驚竄如奔狐夜深人物不相管我獨形影相嬉娛暗潮生渚弔寒蚓落月挂柳看懸蛛此生忽忽憂患裏清境過眼能須臾雞鳴鐘動百鳥散船頭擊鼓還相呼

余去金山五年而復至次舊詩韻贈寶覺長老

誰能斗酒博西凉但愛齋厨法豉香舊事真成一夢過

高譚爲洗五年忙。清風偶與山阿曲。明月聊隨屋角方。稽首願師憐久客。直將歸路指茫茫。

斗酒西涼用後漢孟陀事注再見法鼓出金山他處莫能及僧每以小罌餽遺遠客詩大雅有卷者阿飄風自南鄭氏云大陵曰阿有大陵卷然而曲迴風從長養之方來入之劉禹錫生公講堂詩一方明月可中庭韓退之喜侯喜至詩欹眠聽新詩屋角月艷艷

遊惠山并引

余昔爲錢塘倅、往來無錫、未嘗不至惠山、既去五年、復爲湖州、與高郵秦太虛杭僧參寥同至覽唐處士王武陵竇羣朱宿所賦詩、愛其語清簡、蕭然有出塵之姿、追用其韻、各賦三首、

夢裏五年過。覺來雙鬢蒼。還將塵土足。一步漪瀾堂。俯

窺松桂影仰見鴻鶴翔炯然肝肺間已作冰玉光虛明中有色清淨自生香還從世俗去永與世俗忘

漪瀾堂寺中堂名

薄雲不遮山疎雨不濕人蕭蕭松徑滑策策芒鞵新嘉我二三子皎然無緇磷勝游豈殊昔清句仍絕塵弔古泣舊史疾讒歌小旻哀哉扶風子難與巢許鄰公自注謂竇羣毛詩小旻大夫刺幽王也唐竇羣傳兄弟皆擢進士第獨羣以處士客隱毘陵蘇州刺史韋夏卿薦之朝并表其書報聞不召後夏卿入爲京兆尹復言之德宗擢爲左拾遺後爲御史中丞上言李吉甫陰事憲宗面覆得其情大怒將誅羣吉甫爲之解乃免子姓編竇望出扶風

敲火發山泉烹茶避林樾明牕傾紫盞色味兩奇絕吾生眠食耳一飽萬想滅頗笑玉川子饑弄三百月豈如

山中人睡起山花發一甌誰與共門外無來轍

盧仝詩手閱月團三百片注再見

贈惠山僧惠表

行遍天涯意未闌將心到處遣人安山中老宿依然在案上楞嚴已不看欹枕落花餘幾片閉門新竹自千竿客來茶罷空無有盧橘楊梅尚帶酸

安心二祖公案注屢見司馬相如上林賦盧橘夏熟黃柑橙榛枇杷橪柹

贈錢道人

書生苦信書世事仍臆度不量力所負輕出千鈞諾當時一快意事過有餘怍不知幾州鐵鑄此一大錯我生

涉憂患。常恐長罪惡。靜觀殊可喜。脚淺猶容卻。而況錢夫子。萬事初不作。相逢更何言。無病亦無藥。

漢季布傳楚人曰得黃金百不如得季布諾杜子美詩人生快意多所辱北夢瑣言唐羅紹威師魏博疾牙軍之驕以計殺之至八千家雖去其偪而漸爲梁祖凌制乃謂親吏曰聚六州四十三縣鐵鑄一箇錯不成傳燈錄道吾和尚一鉢歌無可離無可著何處更求無病藥藥是病病是藥到頭兩事須拈卻亦無藥亦無病正是眞如靈覺性

與秦太虛參寥會于松江而關彥長徐安中適至分韻得風字二首

吳越溪山興未窮。又扶衰病過垂虹。浮天自古東南水。送客今朝西北風。絕境自忘千里遠。勝游難復五人同。舟師不會留連意。擬看斜陽萬頃紅。

垂虹吳江長橋名郭氏玄中記天下之多者水焉浮天載地白樂天詩波紅日斜沒沙白月平鋪

二子緣詩老更窮。人間無處吐長虹。平生睡足。連江雨。盡日舟橫擘岸風。人笑年來三黜慣。天教我輩一樽同。知君欲寫長相憶。更送銀盤尾鬣紅。

南史江淹謂郭璞曰子咳唾成珠玉吐氣作虹霓非碌碌儔比也盧仝月蝕詩今夜吐艷如長虹杜牧之詩一夜風吹竹連江雨送秋王注南中風吹舟拍岸謂之擘岸風吹舟離岸謂之開岸風擘岸乃開岸之義也

次韻關令送魚

舉網驚呼得巨魚。饞涎不易忍流酥。更煩赤腳長鬚老。來聽西風十幅蒲。

韓退之寄盧仝詩先生有意許降臨更遣長須致雙鯉杜荀鶴詩連天一水浸吳東十幅帆飛二月風國史補舟船之盛盡於西江編蒲為帆大者或數十幅自白

沙泝流而上常待東北風謂之潮信風

次韻秦太虛見戲耳聾

君不見詩人借車無可載。留得一錢何足賴。晚年更似杜陵翁。右臂雖存耳先聵。人將蟻動作牛鬬。我覺風雷真一噫。聞塵掃盡根性空。不須更枕清流派。大朴初散失渾沌。六鑿相攘更勝敗。眼花亂墜酒生風。口業不停詩有債。君知五蘊皆是賊。人生一病今先差。瘥仝楚懈切但恐此心終未了。不見不聞還是礙。今君疑我特佯聾。故作嘲詩窮嶮怪。須防額癢出三耳。莫放筆端風雨快。

孟郊移居詩借車載家具家具少於車杜子美空囊詩囊空恐羞澁留得一錢看又清明詩此身漂泊苦西東右臂偏枯左耳聾晉殷仲堪傳父忠嘗患耳聰聞牀

下蟻動云牛鬬[圓覺經]識清淨故聞塵清淨聞清淨故耳根清淨[枕流]用孫楚語屢見[莊子應帝王]儵與忽謀報渾沌之德曰人皆有七竅此獨無有嘗試鑿之日鑿一竅七日而渾沌死[内典]五蘊色受想行識也[傳燈錄]壽州道樹禪師云伊伎倆有窮吾不見不聞無盡[楚辭九章]孫佯聾而不聞[張君房脞說]隋董慎爲冥府追爲右曹仍辟常州秀才張審通管記慎令爲判申天府有黄衫人持狀去少頃復至云所申不當慎怒呼左右取方寸肉塞其一耳遂無所聞審通乞更爲判後有天符來云甚允當慎喜謂審通曰非君不可正此獄命左右割去耳肉擘爲耳安于額上曰塞君一耳與君三耳審通復活後數日覺額癢湧出一耳尤聰時人笑曰天有九頭鳥地有三耳秀才亦呼爲雞冠秀才[杜子美寄李白詩]筆落驚風雨

端午遍遊諸寺得禪字

肩輿任所適。遇勝輒留連。焚香引幽步。酌茗開淨筵。微雨止還作。小窗幽更妍。盆山不見日。草木自蒼然。[公詩話]自云非至吳越不見此景也忽登最高塔。眼界窮大千。卞峯照城郭。震澤浮雲天。深沈既可喜。曠蕩亦所便。幽尋未云畢。墟落生晚煙歸來記所歷耿耿清不眠道人亦未寢孤燈同夜禪晉王獻之傳嘗經吳郡聞顧辟疆有名園先不相識乘肩輿徑入湖州圖經卞山極峻清秋爽月不見其頂尚書震澤底定孔安國云吳縣南太湖名也吳郡續圖經太湖在吳縣南禹貢謂之震澤周官爾雅謂之具區史記國語謂之五湖其實一也吐吸江海包絡丹陽義興吳郡吳興之境詩國風耿耿不寐

送劉寺丞赴餘姚

中和堂後石楠樹與君對牀聽夜雨玉笙哀怨不逢人
但見香煙橫碧縷謳吟思歸出無計坐想蟋蟀空房語
明朝開鏁放觀潮豪氣正與潮爭怒銀山動地君不看
獨愛清香生雲一作雺霧別來聚散如宿昔城郭空存鶴飛
去我老人間萬事休君亦洗心從佛祖手香新寫法界
觀眼淨不覷登伽女餘姚古縣亦何有龍井白泉甘勝

乳。千金買斷顧渚春。似與越人降日注。

白樂天招張司業詩能來同宿否聽雨對牀眠王注風雨對牀事見與子由別於鄭州詩注中和堂在杭州先生爲倅日監秋試意劉寺丞爲試官也風俗通漢章帝時零陵文學奚景於舜祠下得笙蓋白玉管也乃知古以玉爲笙後人易以竹耳白樂天待漏入閤詩碧縷爐香直紅垂旆尾閑王注先生監試杭州時以八月十六日放榜故云明朝開鎖放觀潮前有監試呈諸試官又催試官考較戲作可攷也柳子厚答夢得詩耦耕若便遺身世黃髮相看萬事休周易聖人以此洗心莊子山木篇願君刳形去皮洗心去欲而游於無人之地法界觀明華嚴品中法界大旨注已見楞嚴經摩登伽女以婆毗迦羅先梵天咒攝阿難入於婬室唐地理志越州餘姚縣武德四年析故句章縣置龍井餘姚有龍泉寺在縣西王荊公嘗題詩云山腰石有千年潤井眼泉無一日乾杜子美太平寺泉眼詩香美勝牛乳顧渚在湖州長興縣產茶劉禹錫試茶詩何況蒙山顧渚春白泥赤印走風塵日注在越州

施註蘇詩卷之十六

施註蘇詩卷之十七

漫堂先生宋　犖　閱定

長洲顧嗣立　毗陵邵長蘅　刪補

樸園先生張榕端　商丘宋　至

詩四十一首起元豐二年巳未守吳興即以是年八月攝赴臺獄十二月謫官黃州洎庚申春自京師赴黃作

李公擇過高郵、見施大夫與孫莘老賞花詩、憶與僕去歲會于彭門、折花饋筍故事、作詩二十四韻見戲、依韻奉答、亦以戲公擇云

汝陽眞天人。絹帽著紅槿。纏頭三百萬。不買一笑哂。共誇青山峰。曲盡花不隕。當時謫仙人。逸韻謝封畛。詩成

天一笑。萬象解寒窘。驚開小桃杏。不待雷發軫。餘波尚涓滴。乞與居易稹。爾來誰復見。前輩風流盡。寂莫兩詩人。殘紅對櫻筍。饑腸得一醉。妙語傳不泯。君來恨不與去更復相牽引。我老心已灰。空煩扇餘燼。天游照六鑿。虛室掃充牣。懸知邑竟空。那復嗜烏吻。蕭然一方丈。居士老龐蘊。散花從滿裓。不答天女問。故人猶故目。怨句寫餘恨。疑我此心在。遮防費欄楯。應虞已斃虵。折尾時一蠢。仄聞孟光賢。未學處仲忍。公自注開閤放出事見本傳寄招應已足。左右侍雲鬟。何時花月夜。羊酒謝不敏。此生如幻耳。戲語君勿慍。應同亡是公。一對子虛听。

杜子美八哀詩汝陽讓帝子眉宇眞天人又詩忽蒙天一笑復似物皆春南京羯鼓錄汝陽王璡玄宗鍾愛之每游幸頃刻不捨璡嘗戴砑絹帽打曲上自摘紅槿花一朶置帽上笪處二物皆滑久之方安遂奏舞山香一曲花不墜落上大笑賜璡金器宋開府與玄宗論鼓事上曰頭如青山峯手如白雨點卽羯鼓之能事山峯取不動雨點取碎急互見七卷有美堂暴雨詩注楊妃外傳上羯鼓罷戲秦國請纏頭對曰豈有大唐天子姨無錢用耶遂出三百萬爲一局上與妃子在沈香亭命樂工李龜年持金花牋名李白進清平調詞白承詔旨猶苦宿醒因援筆賦之上命龜年以歌妃笑領歌意尚書禹貢餘波入於流沙左傳僖二十三年晉公子重耳曰其波及晉國者君之餘也唐白居易傳初與元稹酬詠故號元白南史張融卒其從弟弔之曰阿兄風流頓盡王注兩詩人指莘老施大夫也唐宰相有櫻筍廚三月爲最盛左傳襄十三年鄭石㚟曰使歸而廢其使怨其君以疾其大夫而相牽引也不猶愈乎莊子庚桑楚身若槁木之枝心若死灰若是者禍亦不至福亦不來左傳成二年齊賓媚人請收合餘燼背城借一六韜出莊子外物篇注已見史記蘇秦傳饑人饑而不食烏喙者爲其愈充腹而與餓死同患也宋齊丘化書躑躅之酒烏喙之脯初嗷之若芥再嗷之若黍復啖之若丸又啖之若脯淮南子聖人處環堵之室高誘註曰堵長一丈高一丈面環一堵爲方丈傳燈錄居士龐蘊少悟塵勞志求眞諦散花天女出維摩經詳見十三卷坐上賦戴花詩注杜子美義鶻行白虵登其巢吞噬恣朝食又折尾時一掉饑腸皆已穿晉王敦傳字處仲王愷置酒敦與王導俱在坐有女妓吹笛小失聲韻愷便毆殺一坐改容敦神色自若又愷使美人行酒客飮不盡輒殺之酒至敦故不肎持美人悲懼

失色而敦傲然不顧導遂歎曰處仲若當世心懷剛忍非令終也又嘗荒恣於色體爲之弊左右諫之曰此甚易耳乃開後閤驅婢妾數十人放之毛詩鬒髮如雲古樂府有春江花月夜篇漢司馬相如傳亡是公亡是人也又亡是公听然而笑

王鞏清虛堂

清虛堂裏王居士。閉眼觀身一作心如止水。水中照見萬象空。敢問堂中誰隱几。吳興太守老且病。堆案滿前長渴睡。願君勿笑反自觀。夢幻去來殊未已。長疑安石恐不免。未信犀首終無事。勿將一念住清虛。居士與我蓋同耳。

楞嚴經月光童子白佛言有佛出世名爲水天教諸菩薩修習水觀我於是時室中安禪我有弟子闚牕觀室惟見清水遍在室中莊子齊物論南郭子綦隱几而坐再見晉謝安傳安石妻劉惔妹也見家門富貴而安獨靜退乃曰丈夫不如此也安石掩鼻曰恐不免耳史記陳軫傳謂犀首曰公何好飲也犀首曰無事也再見

和孫同年卞山龍洞禱晴

吳興連月雨。釜甑生魚蛙。往問卞山龍。曷不安厥家。梯空尚巉絕。俯視驚谽谺。神井湧雲蓋。陰崖垂薜花。交流百道泉。赴谷走羣蛇。不知落何處。隱隱如繅車。我來叩石戶。飛鼠翻白鴉。寄語洞中龍。睡味豈不嘉。雨師少弭節。雷師亦停檛。積水得反壑。稻苗出泥沙。農夫免菜色。龍亦飽豚豭。看君擁黃紬。高臥放晚衙。

戰國策知伯攻趙城水不沒者三版臼竈生鼃人馬相食晉成公綏陰霖賦沈竈生蛙中庭運舟釜魚用范丹事已見李白詩仙鼠如白鴉仙經蝙蝠一名仙鼠千歲之後體白如雪棲則倒懸禰衡傳注檛擊鼓杖也禮記歲十二月土反其宅水歸其壑白樂天詩暖閣謀宵宴寒庭放晚衙倦游錄文潞公初知榆次縣題詩於新衙鼓上云置向譙樓一任撾撾多撾少不知他如今幸有黃紬被努出頭來道放衙

三

乘舟過賈收水閣收不在見其子三首 賈收字耘老吳興人

愛酒陶元亮。能詩張志和。青山來水檻。白雨滿漁蓑。淚垢添丁面。貧低舉案蛾。不知何所樂。竟夕獨酣歌。

五柳先生傳性嗜酒而家貧不能恒得親舊知其如此或置酒招之造飲輒盡期在必醉唐書張志和金華人遁居江湖自稱煙波釣徒亦號玄眞子顏眞卿刺湖爲更易敝舟浮家汎宅往來苕霅間嘗撰漁歌兼工山水酒酣舐筆輒成憲宗命圖其像求之不能致盧仝詩莫怪添丁郎淚下作面垢添丁兒名也白樂天效陶詩客去有餘趣竟夕獨酣歌

嫋嫋風蒲亂。猗猗水荇長。小舟浮鴨綠。大杓瀉鵝黃。得意詩酒社。終身魚稻鄉。樂哉無一事。何處不清涼。

楚詞嫋嫋兮秋風詩國風瞻彼淇澳綠竹猗猗杜子美詩水荇牽風翠帶長唐東夷傳高麗馬訾水出白山色若鴨頭號鴨綠水大杓暗用晉人事鵝黃用杜詩竝已見

曳杖青苔岸。繫船枯柳根。德公方上冢。季路獨留言。已占蒲魚港。更開松菊園。從茲來往數。兒女自庵門。

襄陽記司馬德操詣龐公值其渡沔上先人墓注再見陶潛歸去來辭三徑就荒松菊猶存杜詩曬藥能無婦庵門幸有兒晉書李密傳庵門無三尺之童

次韻孫祕丞見贈

感慨清哀似變風。老於詩句耳偏聰。迂疎自笑成何事。冷淡誰能用許功。不怕飛蚊如立豹。肯隨白鳥過垂虹。吟哦相對忘三伏。擬泛冰谿入雪宮。公自注湖州多蚊蚋豹腳尤毒垂虹吳江亭名

冷淡用白樂天冷淡生活語詳見十卷游廬山次韻夏小正白鳥蚊蚋也金樓子白鳥蚊也齊桓公臥栢寢謂仲父曰一物失所寡人悒悒今白鳥營營是必饑耳因開翠紗廚進之曆忌釋伏者何也金氣伏藏之日也金畏於火故至庚日必伏陰陽書後夏至後第三庚爲初伏四庚爲中伏立秋後初庚爲終伏故謂之三伏王注世謂湖州爲水精宮言其四面皆水雪宮借用孟子字

與客游道場何山得烏字

清谿到山盡飛路盤空小紅亭與白塔隱見喬木杪中休得小菴孤絕寄雲表洞庭在北戶雲水天渺渺菴僧俗緣盡淨業洗未了十年畫鵲竹益以詩自繞高堂儼像設禪室各深窈奔泉何處來華屋過谿沼何山隔幽谷去路清且悄長松度翠蔓絕壁挂嗁鳥我友自杭來尚歎所歷少歸途風雨作一洗紅日燎俄驚萬竅號黑霧卷蓬蓼舟人紛變色坐羡輕鷗矯我獨喚酒杯醉死勝流殍書生例强很造物空煩擾更將掀舞勢把燭畫風篠美人爲破顏正似腰支嫋明朝更陳迹清景墮空杳作詩記餘歡萬古一昏曉

吳興統記郡有五亭曰白蘋亭集芳亭山光亭朝霞亭碧波亭又有白塔巷有白石塔在焉因名楚辭招魂像設君室靜閒安些括地志何山本名金蓋山晉何楷居此習業後爲吳興太守改爲何山唐傳奕傳自爲墓志云青山白雲人也以醉死

僕去杭五年吳中仍歲大饑疫故人往往逝去聞湖上僧舍不復往日繁麗獨淨慈本長老學者益盛作詩寄之

來往三吳一夢間。故人半作冢纍然。獨依舊社傳真法。要與遺民度厄年。趙叟近聞還印綬。竺翁先已反林泉。何時策杖相隨去。任性逍遥不學禪。

朱長文吳郡圖經續記漢永建四年分會稽爲吳郡以浙江中流爲界晉宋齊梁陳之間雖頗割地而不改與吳興丹陽號爲三吳神仙傳丁令威云何不學仙冢纍纍左傳閔二年衛之遺民男女七百有三十人漢王莽傳莽下書曰予遭陽九之阨百六之會國用不足民人騷動今阨會已度趙叟謂趙清獻公抃前一歲以

宮師致仕竺翁
指淨慈本長老

舶趠風 并引

吳中梅雨既過颯然清風彌旬、歲歲如此、湖人謂之舶趠風是時海舶初回云、此風自海上與舶俱至云爾

三旬已過黃梅雨。萬里初來舶趠風。幾處縈回度山曲。一時清駛滿江東。驚飄蔌蔌先秋葉。喚醒昏昏嗜睡翁。欲作蘭臺快哉賦。卻嫌分別問雌雄。

宋玉風賦楚襄王遊於蘭臺之宮有風颯然而至乃披襟當之曰快哉此風寡人所與庶人共者耶玉對曰此獨大王之風耳庶人安得而共之曰豈有說乎玉曰發明耳目寧體便人此大王之雄風啗齰嗽獲死生不卒此庶人之雌風

丁公默送蝤蛑

溪邊石蟹小如錢。喜見輪囷赤玉盤。半殼含黃宜點酒。兩螯斫雪勸加餐。蠻珍海錯聞名久。怪雨腥風入坐寒。堪笑吳興饞太守。一詩換得兩尖團。

胡越風物志蝤蛑并螯十足生海邊泥穴中潮退探取之四時常有雌者臍大而肥重者踰數斤去臍渾煮熟分擘薦酒切爲羹其小而黃者謂之石蝤蛑肉硬臍於檢切酉陽雜俎蝤蛑大者長尺餘兩螯最强鄮縣昔有人於水際泥穴探取之爲螯所翦夾有頃而死至今呼此爲蝤蛑洲

送孫著作赴考城兼寄錢醇老李邦直二君於孫處有書見及

使君閑如雲。欲出誰肎伴。清風獨無事。一嘯亦可喚。來從白蘋洲。吹我明月觀。門前遠行客。青衫流白汗。問子何怱怱王事不可緩故人錢與李清廟兩圭瓚蔚爲萬乘器尚記溝中斷子亦東南珍價重不可算别情何以慰酒盡對空案惟持一榻凉勸子巾少岸此風邪復有塵土飛灰炭欲寄二大夫發發不可絆

後漢方術傳趙炳嘗臨水求度船人不和之炳乃張蓋坐其中長嘯呼風亂流而濟注和猶許也俗本作知者誤李方直白蘋亭記洲在郡城南東亂雲溪據洲之陽楊大亭一焉一曰梁柳惲爲吳興太守賦詩於此因以名洲清廟詩頌篇名尚書平王錫晉文侯秬鬯圭瓚孔氏云以圭爲杓柄謂之圭瓚漢鄒陽傳蟠木根柢輪囷離奇而爲萬乘器者以左右先爲之容也莊子天地篇百年之木破爲犧樽青黃而文之其斷在溝中比犧樽於溝中之斷則美惡有閒矣其於失性一也詩小雅南山烈烈飄風發發

泛舟城南會者五人分韻賦詩得人皆苦炎字四首

城中樓閣似魚鱗。不見清風起白蘋。試選苕谿最深處。仍呼我輩不羈人。窺船野鶴何曾下。見燭飛蟲空自馴。遶郭荷花一千頃。誰知六月下塘春。

劉禹錫湖州詩。酒對青山月。琴韻白蘋風。孟東野送陸暢歸湖州詩。渺渺霅谿前。白蘋多清風。韓退之送惠師詩。惠師浮屠者。乃是不羈人。白樂天餘杭詩。遶郭荷花三十里。按今震澤以南派太湖之水亂苕霅二谿以通舟楫。東盡吳興。西盡餘杭。名曰下塘。

苦熱誠知處處皆。何當危坐學心齋。海螯要共詩人把。谿月行遭霧雨霾。鄉國飄零斷書信。弟兄流落隔江淮。便應築室苕谿上。荷葉遮門水浸堦。

管子弟子職篇。危坐鄉師。顏色毋怍。後漢茅容避雨樹下。危坐愈恭。莊子人閒世。顏回曰。敢問心齋。仲尼曰。唯道集虛。虛者心齋也。把螯用畢卓左手持蟹螯語。注已見。

紫蟹鱸魚賤如土。得錢相付何曾數。碧筩時作象鼻彎。

白酒微帶荷心苦。運肘風生看斫鱠。隨刀雪落驚飛縷。不將醉語作新詩。飽食應憅腹如鼓。

後漢謠河間奼女工數錢酉陽雜俎魏正始中鄭公慤守濟南夏日率僚佐避暑於歷城之北使君林下以大荷葉酌酒以簪刺其心令與柄通莖上輪囷如象鼻傳飲之名碧筩杯歷下學之言酒味雜蓮氣香冷勝於氷竇子野酒譜亦云白樂天詩味苦蓮心小漿甜蔗節稠杜子美設鱠歌無聲細下飛碎雪又詩刀鳴鱠縷飛張景陽七命乃命支離飛霜鍔紅肌綺散素膚雪落酉陽雜俎南孝廉者善斫鱠縠薄絲縷因會客忽雷震鱠悉化爲蝴蝶飛去

橋上游人夜未厭。共依水檻立風簷。樓中煮酒初嘗芡。月夜新糚半出簾。南郭清游繼顏謝。北牕歸臥等羲炎。

顏況湖州刺史聽記在晉則謝安謝萬王羲之獻之國朝則顏魯公左傳昭二十年齊侯疥遂痁杜預曰痁瘧也後漢景丹傳壯士不病瘧

人間寒熱無窮事。自笑疎頑不受痁。

贈王郎一首

一作與王郎夜飲井水此詩墨蹟刻石成都帖而集中失載王郎乃子由壻子立也是時從先生於吳興

吳興六月水泉溫。千頃菰蒲聚鬬蚊。此井獨能深一丈。□□一作源龍如我亦知君。

次韻李公擇梅花

詩人固長貧。日午饑未動。偶然得一飽。萬象困嘲弄。尋花不論命。愛雪長忍凍。天公非不憐。聽飽卽喧鬨。君爲三郡守。所至滿賓從。江湖常在眼。詩酒事豪縱。奉使今折磨。淸比於陵仲。永懷茶山下。攜妓修春貢。更憶檻泉亭。插花雲髻重。蕭然卧濤麓。愁聽春禽哢。忽見早梅花。不飲但孤諷。詩成獨寄我。字字愈頭痛。嗟君本侍臣。筆橐從上雍。脫韡吟芍藥。給札賦雲夢。何人慰流落。嘉蘤天爲種。杯傾笛中吟。帽拂果下鞍。感時念羈旅。此意吾儕共。故山亦何有。桐花集幺鳳。君亦憶匡廬。歸掃藏書洞。何當種此花。各抱漢陰甕。

韓退之嘲少年詩直把春償酒都將命乞花孟東野詩文士莫辭酒詩人命屬花高士傳陳仲子終適楚居於陵列女傳楚王欲以子終爲相入告於妻妻曰亂世多害於是相與逃而爲人灌園張君房脞說湖州長城縣啄木嶺金沙泉每歲造茶之所也泉處沙中居常無水湖常二郡守至於境會亭具犧牲拜敕祭泉其夕清溢及造茶畢水即微減供堂者畢水已半之太守造畢即涸矣守或還旆稽晚則有風雷之變云爾雅檻泉正出正出者涌出也三國志魏太祖先苦頭風臥讀陳琳所作檄翕然而起曰此愈我病數加厚賜見王粲傳注漢趙充國傳張安世本持橐簪筆事孝武帝數十年注橐契囊也近臣負橐簪筆從備顧問或有所紀也漢司馬遷傳報任安書云迫季冬僕又薄從上上雍楊妃外傳開元中植木芍藥於沈香亭前會花繁開名李白立進清平調詞上自是顧李翰林異於他學士會高力士以脫靴爲恥摘其詞以激楊妃帝欲官白妃輒沮止漢司馬相如傳請爲天子游獵之賦上令尚書給筆札賦云楚有七澤嘗見其一未覩其餘也臣之所見蓋特其小小者爾名曰雲夢雲夢者方九百里杜荀鶴梅花詩謝公吟賞愁飄落可得更拈長笛吹摭遺蜀州紅梅閣東壁有詩憑仗高樓莫吹笛大家留

取倚闌干因笛中有落梅曲故云[後漢]滅貊獻果下馬高三尺乘之可於果樹下行[王注]西蜀有桐花鳥似鳳而小人謂之倒挂子先生梅詞所謂倒挂綠毛幺鳳是也[先生李氏山房記]公擇少時讀書於廬山五老峰下白石菴之僧舍藏書凡九千餘卷[莊子天地篇]漢陰丈人方將爲圃畦鑿隧而入井抱甕而出灌搰搰然用力多而見功寡

送淵師歸徑山

我昔嘗爲徑山客。至今詩筆餘山色。師住此山三十年。妙語應須得山骨。谿城六月水雲蒸。飛蚊猛捷如花鷹。羨師方丈冰雪冷。蘭膏不動長明燈。山中故人知我至。爭來問訊今何似。爲言百事不如人。兩眼猶能書細字。

公自注徑山夏無蚊余舊詩云問龍乞水歸洗眼欲看細字銷殘年[傳燈錄]達磨欲返西竺命門人各言所得乃謂道育曰汝得吾骨最後慧可禮拜依位而立祖曰汝得吾髓

送表忠觀錢道士歸杭 并引

通教自杭來見余於吳興問觀亦卒工乎曰未也杭人比歲不登莫有助我者余曰異哉杭人重施輕財是不獨爲福田今歲成矣其行乎及還作詩送之 集中不載此引道士吳大錢之弟子也嘗見墨迹今錄公表忠觀碑載趙抃知杭州言故吳越國王錢氏墳廟在錢塘臨安者皆蕪廢不治請以妙因院爲觀使錢氏之孫爲道士曰自然者居之以守其墳廟詔許之改妙因爲表忠觀錢道士卽碑中名自然者號通教大師

先王舊德在民心。著令稱忠上意深。墮淚行看會祠下。挂名爭欲刻碑陰。凄涼破屋塵凝坐。憔悴雲孫雪滿簪。未信諸豪容郭解。卻從他縣施千金。

漢書吳芮傳徙爲長沙王薨謚曰文王初文王芮高祖賢之制詔御史長沙王忠其定著令注漢約非劉氏不王而芮王故著令中使特王也或曰以芮至忠故著

令也［晉羊祜傳］襄陽百姓於峴山祜平生游憩之所建碑立廟歲時饗祭焉望其碑者莫不流涕杜預因名爲墮淚碑［漢郭解傳］洛陽人有相仇者邑中賢豪居閒以十數終不聽客乃見解解夜見仇家仇家曲聽解解曰今子幸而聽我奈何從他縣奪人邑賢士大夫權乎迺夜去不使人知

次韻周開祖長官見寄

墨迹藏吳興向氏前題云次韻奉和樂清開祖長官見寄後題云元豐二年六月十三日吳興郡齋作旋見兒童迎細侯墨迹作已見當是續改此一字

俯仰東西閱數州。老於岐路豈伶優。初聞父老推謝令。旋一作已見兒童迎細侯。政拙年年祈水旱。民勞處處避嘲謳。河吞巨野那容塞。盜入蒙山不易搜。仕道固應慙孔孟。扶顛未可責求由。漸謀田舍猶懷祿。未脫風濤且傍洲。惘惘可憐眞喪狗。時時相觸是虛舟。朅來震澤都如夢。只有苕溪可倚樓。齋釀酸甜如蜜水。樂工零落似風颿。疑作鷗遠思顔柳幷諸謝。近憶張陳與老劉。公自注謂張子野陳令舉劉孝叔風定軒牕飛豹脚。雨餘欄檻上蝸牛。舊游到處皆蒼蘚同甲惟君尚黑頭。憶昔湖山共尋勝。相逢杯酒兩忘憂。醉看梅雪清香過。夜棹風船駭汗流。百首共成山上集。三人俱作月中游。海南未起垂天翼。淵底仍依徑寸麻。已許春風歸過我。預憂詩筆老難酬。此生歲月行飄忽。晚節功名亦謬悠。犀首正緣無事飲。馮驩應爲有魚留。從今更踏青州麴。薄酒知君笑督郵。

晉書循吏傳鄧攸爲吴郡守刑政清明後稱疾去職百姓數千人留牽攸船不得進攸乃小停夜中發去吴人歌之曰紞如打五鼓雞鳴天欲曙鄧侯挽不留謝令推不去又互見前注後漢郭伋字細侯爲幷州牧始至行部到西河美稷有兒童數百各騎竹馬道次拜迎漢溝洫志孝武元光中河決於瓠子東南注鉅野塞之

甈復壞【莊子庚桑楚】汝亡人哉惘惘乎欲反汝情性而無由入可憐哉【史記】孔子獨立郭東門鄭人曰東門有人其顙似堯其項類皐陶其肩類子産然自腰以下不及禹三寸纍纍若喪家之狗【莊子山木篇】方舟而濟於河有虛船來觸舟雖有惼心之人不怒【吳興詩序】東晉王謝諸公莫不游而樂之而城中觀游之最則水堂見於柳惲若顏真卿之忠毅又不獨以篇詠著左太沖詠史詩鬱鬱澗底松離離山上苗以彼徑寸莖蔭此百尺條再見犀首注屢見【史記孟嘗君傳】馮驩居孟嘗傳舍彈其劍而歌曰長鋏歸來乎食無魚孟嘗君遷之幸舍食有魚矣青州督郵用世說桓溫主簿事詳見十五卷九日次韻王鞏詩注【公烏臺詩話】軾知湖州有周邠作詩寄軾軾荅云云自言遷徙數州未嘗朝廷擢用老於道路并所至遇水旱盜賊夫役數起民嘗其害以譏諷朝廷政事闕失并新法不便之所致也仕道云云以言已仕而道不行則非事道也故有慙於孔孟孔子責由求云顛而不扶意以譏諷朝廷大臣不能扶正其顛仆也

林子中以詩寄文與可及余與可既沒追和其韻

斯人所甚厭。投畀每不受。欲其少須臾。奪去惟恐後。云誰尸此職。無乃亦假守。賦才有巨細。無異斛與斗。胡不安其分。但聽物所誘。時來各飛動。意合無妍醜。坐令雞栖車。長載朱伯厚。平生無一旅。既死咤萬口。自聞與可亡。胸臆生堆阜。懸知臨絕意。要我一執手。相望五百里。安得自其牖。遺文付來哲。後事待諸友。伶俜嵇紹孤。老病孟光偶。世人賤目見。爭笑千金帚。君詩與楚詞。識者當有取。但知愛墨竹。此歎吾已久。故人多厚祿。能復哀君否。不見林與蘇。饑寒自奔走。

詩巷伯篇取彼譖人投畀有北有北不受漢賈山傳願少須臾毋死唐楊綰傳綰薨帝曰何奪綰之速耶漢項籍傳注假守兼守也後漢朱震字伯厚爲州從事奏濟陰大守單匡臧罪帝收匡下廷尉諺曰車如雞栖馬如狗疾惡如風朱伯厚左傳哀元年有衆一旅杜預曰五百人爲旅晉山濤傳與嵇康善康臨誅謂子紹曰巨源在汝不孤矣濤字巨源張平子東京賦若客所謂末學膚受貴耳而賤目者也魏文帝典論家有弊帚享之千金注已見劉勰辨騷楚詞者體慢於三代而風

雅於戰國乃雅頌之博徒詩賦之英傑也

與王郎昆仲及兒子邁遶城觀荷花登峴山亭晚入飛英寺分韻得月明星稀四首吳興統記峴山在州南五里本名顯山晉吳興太守段康於山上起顯亭後改曰峴山亭

昨夜雨鳴渠曉來風襲月蕭然欲秋意谿水清可啜環城三十里處處皆佳絶蒲蓮浩如海時見舟一葉此間眞避世青蒻低白髮相逢欲相問已逐驚鷗没漢劉向傳熒惑襲月韓退之谿堂詩淺有蒲蓮深有蒹葦杜子美詩白鷗没浩蕩萬里誰能馴

清風定何物可愛不可名所至如君子草木有嘉聲我行本無事孤舟任斜横中流自偃仰適與風相迎舉杯

屬浩渺。樂此兩無情。歸來兩谿閒。雲水夜自明。

茗水如漢水。鱗鱗鴨頭青。吳興勝襄陽。萬瓦浮青冥。我非羊叔子。愧此峴山亭。悲傷意則同。歲月如流星。從我兩王子。高鴻插修翎。湛輩何足道。當以德自銘。

李白襄陽歌遥看漢水鴨頭緑恰似蒲萄新潑醅再見晉書羊祜傳祜樂山水每風景必造峴山置酒言詠終日不倦嘗慨然歎息顧謂從事鄒湛云云湛曰公德冠四海道嗣前哲令聞令望必與此山俱傳至若湛輩乃當如公言耳祜字叔子又互見十一卷登常山絕頂詩註兩王子謂王適王遹也

吏民憐我懶。鬬訟日已稀。能爲無事飲。可作不夜歸。復尋飛英游。盡此一寸暉。撞鐘履聲集。顛倒雲山衣。我來無時節。杖屨自推扉。莫作使君看。外似中已非。

李德裕獻替記出不至遠歸不近夜

城南縣尉水亭得長字

兩尉鬱相望東西百步場揮旗蒲柳市伐鼓水雲鄉已作觀魚檻仍開射鴨堂全家依畫舫極目亂紅粧瀲瀲波頭細疎疎雨脚長我來閑濯足谿漲欲浮牀澤國山圍裏孤城水影傍欲知歸路處葦外記風檣

王注百步場尉司教閱處也揮旗伐鼓以言尉之事蒲柳市水雲鄉則言湖州也唐孟郊爲溧陽尉開射鴨堂左傳隱五年春公將如棠觀魚杜子美詩幾時來翠節特地引紅粧又詩雨脚如麻未斷絶劉禹錫詩山圍故國周遭在李涉潤州詩孤城吹角水茫茫

與胡祠部游法華山

陂湖欲盡山爲界始見寒泉落高派道人未放泉出山曲折虛堂瀉清快使君年老尚兒戲綠棹紅船舞澎湃

一笑翻杯水濺帬。餘歡濯足波生隘。長松攙天龍起立。蒼藤倒谷雲崩壞。仰穿蒙密得清曠。一覽震澤吁可怪。誰云四萬八千頃。渺渺東盡日所曬。歸塗十里盡風荷。清唱一聲聞露薤。公自注是日樂工有作此聲者嗟予少小慕眞隱。白髮青衫天所械。忽逢佳士與名山。何異枯楊便馬疥。君猶鸞鶴偶飄墮。六翮如雲豈長鎩。不將新句紀茲游。恐負山中清淨債。

漢司馬相如傳上林賦八川分流洶湧澎湃杼情詩李相蔚鎮淮南祖送孫處士舟子回篙濺水近坐妓濕衣孫爲楊柳調曰從教水濺羅帬濕還道朝來行雨歸又見九卷蘇州閭丘江君詩注作李紳裴餘慶事姑並存之魯靈光殿賦吁可畏乎其駭人也後漢周舉傳上巳梁商燕於洛水酒闌唱罷繼以薤露之歌坐者皆爲掩涕南史宋何尚之致仕於方山爲退居賦以明所守後還攝職袁淑乃錄古來隱士有迹無名者爲眞隱傳以嗤焉揚子鷦明沖天不在六翮乎拔而傳尸鳩

其界矣夫謝宣遠答靈運詩鍛翮周數仞

又次前韻贈賈耘老

具區吞滅三州界。浩浩湯湯納千派。從來不著萬斛船。一葦漁舟恣奔快。仙壇古洞不可到。空聽餘瀾鳴湃湃。今朝偶上法華嶺。縱觀始覺人寰隘。山頭卧碣弔孤冢。下有至人僵不壞。空餘白棘網秋蟲。無復青蓮出幽怪。我來徙倚長松下。欲掘茯苓親洗曬。聞道山中富奇藥。往往靈芝雜葵薤。詩人空腹待黃精。生事只看長柄械。公自注子美詩云長鑱長鑱白木柄我生托子以爲命今年大熟期一飽。食葉微蟲眞癬疥。公自注今歲有小蟲食葉不甚爲害白花半落紫穟香。攘臂欲助磨鎌鍛。安得山泉變春酒。與子一洗尋常債。周禮東南曰揚州其山鎮曰會稽其澤藪曰具區蘇州圖經具區接蘇常湖秀四州界內有大小山七十二洞庭居其一焉十道記太湖廣三萬六千頃下有地道潛通巴陵昔龍威丈人之所居法華經有人聞是品能隨喜讚善者是人口中常出青蓮香按湖州法華山昔有樵夫入山得青蓮一枝蓋生於平陸因持入市市人以花生非時且異其事乃從樵夫還至本處掘地視之下有石匣中藏一童子舌根不壞花自舌出是人生持誦法華經致此勝果故以名其山事具寺碑牛僧孺有幽怪錄史記龜策傳下有伏靈上有兔絲所謂伏靈者在兔絲之下狀似飛鳥之形又伏靈者千歲松根也伏靈與茯苓同杜子美放歌行知子松根是茯苓遲暮有意來同煑又詩酒債尋常行處有三國孫濟權之叔也嗜酒不治產常醉屢欠酒緡人皆笑之濟恬然自若謂人曰尋常行坐處欠人酒債欲貨此縕袍償之

趙閱道高齋冷齋夜話趙閱道休官歸老三衢作高齋居之與鍾山佛慧禪師爲方外交

見公奔走謂公勞。聞公隱退云公高。公心底處有高下。夢幻去來隨所遭。不知高齋竟何義。此名之設緣吾曹。公年四十已得道。俗緣未盡餘伊皐。功名富貴俱逆旅。

黃金知繫何人袍。超然已了一大事。挂冠而去眞秋毫。坐看猿猱落罝罔。兩手未肎置所操。乃知賢達與愚陋。豈直相去九牛毛。長松百尺不自覺。企而羡者蓬與蒿。我欲贏糧往問道。未應舉臂詞一作辭盧敖。

法華經諸佛出世唯以一大事因緣故出現於世晉華譚傳或問譚曰諺言人之相去如九牛毛寧有是乎譚曰卽許由巢父讓天子之貴市道小人争半錢之利此之相去何啻九牛毛也漢司馬遷傳若九牛亡一毛韓退之詩自慙靑蒿倚長松莊子庚桑楚南榮趎贏糧七日七夜至老子之所淮南子盧敖游乎北海遇一若士敖自謂觀乎六合之外若士舉臂而竦身遂入雲中敖歎曰猶黃鵠之與壤蟲不亦悲哉

送俞節推

公自注尚之子尚字退翁按俞節推名溫父湖州烏程人父汝尚字退翁第進士僉書劍南西川判官趙淸獻公守蜀入輒相對淸談竟暮王介甫當國患一時故老不同已或言退翁淸望可寘之御史卽名詣京師既知所以薦用意力辭得免還家苦貧又從淸獻於靑州遂以屯田郎中致仕子由寄其詩首云不作淸時言事官歸逾年忽告其妻黃曰人生七十者稀吾

與夫人皆以過之可往矣黄曰我先去退翁曰善後三日黄沐浴化去退翁明日召諸子告曰吾亦行矣俄隱几而終孫莘老以爲事類龎公表其墓而秦少游爲書之

吴興有君子。淡如朱絲琴。一唱三太息。至今有遺音。嗟余與夫子。相避如辰參。公自注退翁官於蜀余在京師余歸而退翁去及余官於吴興則退翁亡矣猶喜見諸郎。窈然清且深。異時多良士。末路喪初心。我生不有命。其肎枉尺尋。揚子吾不睹參辰之相比也孟東野出門行參辰出没不相待我欲横天無羽翰

次韻答孫侔 孫侔字少述湖州人

十年身不到朝廷。欲伴騷人賦落英。但得低頭拜東野。不辭中路伺淵明。艤舟苕霅人安在。卜築江淮計已成。

千里論交一言足。與君蓋亦不須傾。韓退之醉留東野詩低頭拜東野願得始終如駏蛩晉陶潛傳刺史王弘造之潛稱疾不見弘令人候之密知當往廬山乃齎酒先於半道要之潛既遇酒便引酌野亭欣然忘進弘乃出與相見遂歡宴窮日後漢范式傳與張劭爲友二人竝告歸鄉里式謂劭曰後二年當過拜尊親見孺子劭兹期候之母曰二年之別千里結言何相見之審耶對曰式信士必不乖違至其日果至

重寄陸務觀云孫少述一字正之與荆公交最厚故荆公別少述詩云應須一曲千回首西去論心有幾人又云子今去此來何時後有不可誰予規其相予如此及荆公當國數年不復相聞人謂二公之交遂睽故公詩云云劉貢父亦有詩曰不負興公遂初賦更傳中散絕交書

凜然高節照時人。不信微官解浼君。蔣濟謂能來阮籍。薛宣眞欲吏朱雲。好詩衝口誰能擇。俗子疑人未遣聞。乞取千篇看俊逸。不將輕比鮑參軍。

晉阮籍傳太尉蔣濟聞其有雋才而辟之籍都亭奏記乞迴繆恩以光清舉初濟恐籍不至得記遣卒迎之而籍已去濟大怒於是鄉親共諭之乃就吏竟謝病歸　朱雲相吏事詳十五卷次韻王鞏留別詩注　杜子美贈李白詩清新庾開府俊逸鮑參軍

次韻和劉貢父登黄樓見寄并寄子由二首

清派連淮上。黄樓冠海禺。一作隅　此詩尤偉麗。夫子計魁梧。公自注劉為人短小　世俗輕瑚璉。巾箱襲武夫。坐令乘傳遽。奔走為儲須。邂逅我已失。登臨誰與俱。貧貪倉氏粟。身聽冶家櫨。會合難前定。歸休試後圖。腴田未可買。公自注本欲買田於泗上近已不遂矣　窮鬼卻須呼。二水何年到。雙洪不受艫。至今清夜夢。飛繞策天吴。公自注此詩寄劉

漢書張良傳贊曰聞張良之智勇以為其貌魁梧奇偉反若婦人女子　武夫與珷玞通唐韻珷玞石似玉　又傳遽驛也以車曰傳以馬曰遽　韓退之送窮文結柳作

車縛草爲船載糗與粻三揖窮鬼而告之云云於是上手稱謝燒車與船延之上坐［山海經］天吳水神也八首十尾亦曰河伯

與子皆去國，十年天一禺。數奇逢惡歲，計拙集枯梧。好士餘劉表，窮交憶灌夫。不矜持漢節，猶喜攬桓須。清句金絲合，高樓雪月俱。吟哦出新意，指畫想前橅。［公自注］子由初赴南京送之出東門登城上覽山川之勝云此地可作樓觀於是始有改築之意 自寫千言賦，新裁六幅圖。［公自注］近以絹自寫子由黃樓賦爲六幅圖甚妙 傳看一坐聳，勸著尺書呼。莫使騷人怨，東游不到吳。［公自注］此詩寄子由

［莊子徐無鬼］越之流人去國期年見似人者而喜矣［漢書李廣傳］從大將軍青擊匈奴大將軍陰受上指以爲李廣數奇恐不得所欲毋令當單于［國語］中飲優施起舞謂里克妻曰主孟啗我我教茲暇豫事君乃歌曰暇豫之吾吾不如烏烏人皆集於苑己獨集於枯［後漢］劉表爲荊州刺史愛民養士學士歸者千數［漢灌夫傳］士在己左愈貧賤尤益禮敬與鈞稠人廣衆薦寵下輩士亦以此多之［漢汲黯傳］以便宜持節發河内粟以賑貧民［蘇武傳］在匈奴中仗漢節牧羊［晉桓伊傳］謝

安拊其須曰使君於此不凡詳見三卷陪歐陽䔩西湖詩注

陳州與文郎逸民飲別攜手河堤上作此詩

白酒無聲滑瀉油。醉行堤上散吾愁。春風料峭羊角轉。河水渺綿瓜蔓流。君已思歸夢巴峽。我能未到說黄州。此生聚散何窮已。未忍悲歌學楚囚。水衡記二月三月桃花水五月瓜蔓水謂瓜蔓延故以名左傳成九年晉侯觀於軍府見鍾儀問之曰南冠而縶者誰也有司對曰鄭人所獻楚囚也使稅之晉王導傳過江人士每暇日相邀出新亭飲宴周顗中坐歎曰風景不殊舉目有山河之異皆相視流涕導愀然變色曰當共戮力王室克復神州何至作楚囚對泣耶

子由自南都來陳三日而別

夫子自逐客。尚能哀楚囚。奔馳二百里。徑來寬我憂。相逢知有得。道眼清不流。別來未一年。落盡驕氣浮。嗟我

晚聞道。款啟如孫休。至言難久服。放心不自收。悟彼善知識。妙藥應所投。納之憂患塲。磨以百日愁。冥頑雖難化。鐫發亦已周。平時種種心。次第去莫留。但餘無所還。永與夫子游。此別何足道。大江東西州。畏虵不下榻。睡足吾無求。便爲齊安民。何必歸故丘。

史記老子傳謂孔子曰去子之驕氣與多欲態色與淫志是皆無益於子之身莊子達生篇孫休款啟寡聞之民也注款孔也啟開也言所見之小維摩經佛爲大醫王應病與藥令得服行左傳昭三年盧蒲嫳曰余髮如此種種余奚能爲金剛經衆生若干種心如來悉知楞嚴經佛告阿難今當示汝無所還地韓退之贈張功曹詩下牀畏虵食畏藥杜牧詩平生睡足處雲夢澤南州再見圖經黃州齊安郡

正月十八日蔡州道上遇雪次子由韻二首

蘭菊有生意。微陽回寸根。方憂集暮雪。復喜迎朝暾。憶我故居室。浮光動南軒。松竹半傾瀉。未數葵與萱。三徑瑶草合。一缾井花温。至今行吟處。尚餘履舄痕。一朝出從仕。永媿李仲元。晚歲益可羞。犯雪方南奔。山城買廢圃。槁葉手自掀。長使齊安人。指說故侯園。

鉛膏染髭須。旋露霜雪根。不如閉目坐。丹府夜自暾。誰

揚子或問子蜀人也請人曰有李仲元者不屈其意不累其身不夷不惠可否之閒也仲元世之師也漢蕭何傳召平者故秦東陵侯種瓜長安城東瓜美故世謂東陵瓜

知憂患中。方寸寓羲軒。大雪從壓屋。我非兒女萱。平生學踵息。坐覺兩鐙温。下馬作雪詩。滿地鞭箠痕。佇立望原野。悲歌爲黎元。道逢射獵子。遥指狐兔奔。蹤迹尚可原。窟穴何足掀。寄謝李丞相。吾將反丘園。

南史何長瑜作韻語云陸展染白髮欲以媚側室青青不解久星星行復出孟東野百憂詩萱草兒女花不解壯士憂莊子大宗師眞人之息以踵衆人之息以喉王注李丞相指李斯蓋用牽黃犬出上蔡東門語也注已見

過新息留示鄉人任師中公自注任時知瀘州亦坐事對獄

昔年嘗羡任夫子。卜居新息臨淮水。怪君便爾忘故鄉。稻熟魚肥信清美。竹陂鴈起天爲黑。公自注小竹陂在縣北桐柏煙橫山半紫。公自注桐柏廟在縣南知君坐受兒女困。悔不先歸弄清泚。塵埃我亦失收身。此行蹭蹬尤可鄙。寄食方將依白足。附書未免煩黃耳。往雖不及來有年。詔恩儻許歸田里。卻下關山入蔡州。爲買烏犍三百尾。公自注黃州出水牛

卜居楚詞篇名九域志蔡州新息縣史記韓信傳呂后使武士縛信信曰吾悔不用蒯通之計乃爲兒女子所詐歐陽公詩何日早收身江河一漁艇杜子美贈李

四丈詩蒼茫風塵際蹭蹬騏驎老白足黃耳並已見說文犍犗也

過淮

朝離新息縣。初亂一水碧。暮宿淮南村。已渡千山赤。麏鼯號古戍。霧雨暗破驛。回頭梁楚郊。永與中原隔。黃州在何許。想像雲夢澤。吾生如寄耳。初不擇所適。但有魚與稻。生理已自畢。獨喜小兒子。少小事安佚。相從艱難中。肝肺如鐵石。便應與晤語。何止寄衰疾。公自注時家在子由處獨與兒子邁南來

水經注淮水出南陽平氏縣胎簪山東北過桐柏山又東逕新息縣南尚書亂於河雲夢注屢見魏武故事長史王必忠能勤事心如鐵石

施註蘇詩卷之十七

施註蘇詩卷之十八

漫堂先生宋　犖　　長洲顧嗣立

樸園先生張榕端　閱定　毗陵邵長蘅　刪補

商丘宋　至

詩五十三首起元豐三年庚申以後在黃州作

書黁公詩後并引　黁音奴昆反香也晉書有太史令郭黁

過加祿鎮南二十五里大許店休馬於逆旅祁宗祥家見壁上有幅紙題詩云滿院秋光濃欲滴老僧倚杖青松側只怪高聲問不譍瞋余踏破蒼苔色其後題云滏水僧寶黁宗祥謂余此光黃間狂

僧也，年百三十，死於熙寧十年。既死，人有見之者。宗祥言其異事甚多，作是詩以識之。磬公本名清戒，俗謂之戒和尚云。

磬公昔未化，來往淮山曲。壽逾兩甲子，氣壓諸尊宿。但嗟濁惡世，不受龍象蹴。我來不及見，悵望空遺躅。霜顱隱白毫，鏁骨埋青玉。皆云似達磨，隻履還西竺。壁間餘清詩，字勢頗拔俗。為吟五字偈，一洗凡眼肉。

内典：五濁惡世。維摩經：龍象蹴踏，非驢所堪。楞嚴經：白毫宛轉五須彌。鄴侯家傳：李泌每導引，骨節珊然有聲，人謂之鏁子骨。晉庾亮傳：將葬，何充歎曰：埋玉樹著土中，使人情何能已。傳燈錄：達磨逝三歲，魏宋雲奉使西域，遇之於松嶺，手攜隻履，翩翩獨逝。雲復命，具奏其事。帝命啟壙，惟空棺一隻革履存焉。金剛經：如來有肉眼不

游淨居寺 并引

淨居寺在光山縣南四十里大蘇山之南小蘇山之北寺僧居仁爲余言齊天保中僧惠思過此見父老問其姓曰蘇氏又得二山名乃歎曰吾師告我遇三蘇則住遂留結菴而父老竟無有蓋山神也其後僧智顗見思於此山而得法焉則世所謂思大和尚智者大師是也唐神龍中道岸禪師始建寺於其地廣明庚子之亂寺廢於兵火至乾興中乃復而賜名曰梵天云

十載游名山。自製山中衣。願言畢婚嫁。攜手老翠微。不悟俗緣在。失身蹈危機。刑名非夙學。陷穽損積威。遂恐生死隔。永與雲山違。今日復何日。芒鞵自輕飛。稽首兩足尊。舉頭雙涕揮。靈山會未散。八部猶光輝。願從二聖往。一洗千劫非。裵回竹溪月。空翠搖煙霏。鐘聲自送客出谷猶依依。回首吾家山。歲晚將焉歸。

畢婚嫁後漢向長事已見九卷次韻沈長官詩注史記申不害之學本於黃老而主刑名又韓非喜刑名法術之學尚書敘乃穽孔氏云穽穿地陷獸漢司馬遷傳猛虎處深山百獸震恐及在穽檻之中搖尾而求食積威約之漸也法華經稽首兩足尊行集經如來世尊福足慧足稱兩足尊法華經鈔世尊於靈山會上爲諸大衆說二十八品放眉間白毫相光照三千大千世界又天龍八部咸悉歡喜

梅花二首

春來幽谷水潺潺。的皪梅花草棘間。一夜東風吹石裂。半隨飛雪渡關山。

漢司馬相如傳宜笑的皪郭璞曰的皪鮮白貌也高適聽吹笛詩借問梅花何處落風吹一夜滿關山歐陽公山齋絕句正當年少惜花時日日東風吹石裂齊安拾遺關山岐亭路有春風嶺

何人把酒慰深幽開自無聊落更愁幸有清谿三百曲不辭相送到黃州

戲作種松

我昔少年日種松滿東岡初移一寸根瑣細如插秧二年黃茅下一一攢麥芒三年出蓬艾滿山散牛羊不見十餘年想作龍蛇長夜風波浪碎朝露珠璣香我欲食其膏已伐百本桑公自注煮松脂法用桑柴灰水人事多乖迕神藥竟渺茫朅來齊安野夾路須髯蒼會開龜蛇窟不惜斤斧瘡縱

未得伏苓。且當拾流肪。釜盎百出入。皎然散飛霜。槁死三彭仇。澡換五穀腸。青骨凝綠髓。丹田發幽光。白髮何足道。要使雙瞳方。卻後五百年。騎鶴還故鄉。杜子美寄楊員外詩翻動神仙窟封題鳥獸形宣室志僧契虛遇人導游稚川仙府眞人問曰汝能絶三彭之仇乎三彭道書所謂彭質彭蹻彭居也在人身中狀如小兒有須毛人既死便作鬼耳黃庭經端於蕊宮十九年三疊琴心化胎仙注三疊琴心三丹田也又三丹田各方一寸曰寸田神仙傳李根兩目瞳子皆方

萬松亭 并引

麻城縣令張毅植萬松於道周、以芘行者、且以名其亭、去未十年而松之存者十不及三四、傷來者之不嗣其意也、故作是詩

十年栽種百年規。好德無人助我儀。公自注古語云一年之計樹之以穀十年之計樹之以木

百年之計樹之以德縣令若同倉庾氏。亭松應長子孫枝。天公不救斧斤厄。野火解憐冰雪姿。爲問幾株能合抱。殷勤記取角弓詩。詩大雅我儀圖之愛莫助之史記平準書爲吏者長子孫居官者以爲姓號如淳曰倉氏庾氏是也角弓用左傳季氏有嘉樹事詳見十六卷臺頭寺送宋希元注杜子美懷李白詩更尋嘉樹傳不忘角弓詩

張先生 并序

先生不知其名、黃州故縣人、本姓盧、爲張氏所養、陽狂垢汚、寒暑不能侵、常獨行市中、夜或不知其所止、往來者欲見之、多不能致、余試使人名之、欣然而來、既至立而不言、與之言不應、使之坐不可、

但俛仰熟視傳舍堂中、久之而去、夫孰非傳舍者、是中竟何有乎、然余以有思惟心追、躡其意、蓋未得也

熟視空堂竟不言。故應知我未天全。冐來傳舍人皆悅。能致先生子亦賢。脫屣不妨眠糞屋。流澌爭看浴冰川。士廉豈識桃椎妙。妄意稱量未必然。

莊子達生篇壹其性養其氣合其德以通乎物之所造若是者其天守全其神無郤揚子叔孫通制君臣之儀徵先生於齊魯所不能致者二人王注本朝蘄信者得道之異人也常汚垢徉狂晝脫屣而行夜眠糞屋中人莫測之又楊文公說苑曰郭忠恕大寒鑿冰而浴唐朱桃椎傳高士廉爲益州長史備禮以請與之語不答瞪視而出士廉再拜曰祭酒其使我以無事治蜀耶乃簡條目薄賦斂州大治

陳季常所蓄朱陳村嫁娶圖朱陳村在徐州豐縣白樂天詩徐州古豐縣有村曰

朱陳去縣百餘里桑麻青氛氳機梭聲軋軋牛驢走紛紛女汲澗中水男採山上薪縣遠官事少山深人俗淳有財不行商有丁不入軍家家守村業頭白不出門田中老與幼相見何欣欣一村惟兩姓世世爲婚姻親疎居有族少長游有羣黄雞與白酒歡會不隔旬生者不遠别嫁娶先近隣死者不遠葬墳墓多遶村既安生與死不苦形與神所以多壽考往往見玄孫

何年顧陸丹青手。畫作朱陳嫁娶圖。聞道一村惟兩姓。不將門戸買崔盧。

歷代名畫記張懷瓘云像人之美顧得其神陸得其骨顧愷之陸探微也西川名畫録趙德玄雍京人工畫車馬人物屋木山水天復中入蜀有朱陳村及豐沛盤車等圖至今相傳文中子任薛王劉崔盧之昏非古也何以視譜唐高士廉傳太宗以山東士人多尚閥閱嫁娶必多取貲故人謂之賣昏由是詔士廉等撰氏族志太宗曰我於崔盧李鄭無嫌今謀士勞臣何容納貨舊門向聲背實買昏爲榮耶太上有立德其次立功其次立言其次有爵爲卿大夫世世不絶謂之門戸反是豈不惑耶

我是朱陳舊使君。勸耕曾入杏花村。而今風物那堪畫。

縣吏催錢夜打門

韓退之董生行門外惟有吏日來徵租更索錢

少年時嘗過一村院見壁上有詩云夜凉疑有雨院靜似無僧不知何人詩也宿黃州禪智寺寺僧皆不在夜半雨作偶記此詩故作一絶

佛燈漸暗饑鼠出山雨忽來修竹鳴知是何人舊詩句已應知我此時情

韓退之次石頭驛詩默然都不語應識此時情

初到黃州

自笑平生爲口忙老來事業轉荒唐長江遶郭知魚美

好竹連山覺筍香逐客不妨員外置詩人例作水曹郎

只慚無補絲毫事尚費官家壓酒囊公自注檢校官例折支多得退酒袋

杜子美比隣詩愛酒晉山簡能詩何水曹白樂天聽吳水部新詩明朝與向詩家道水部如今不姓何說苑鮑白令之對秦始皇曰天下官則讓賢是也天下家則世繼是也故五帝以天下爲官三王以天下爲家漢蓋寬饒傳韓氏易傳言五帝官天下三王家天下家以傳子官以傳賢白樂天詩況無治道術坐受官家祿

定惠院寓居月夜偶出

幽人無事不出門偶逐東風轉良夜參差玉宇飛木末

繚繞香煙來月下江雲有態清自媚竹露無聲浩如瀉

已驚弱柳萬絲垂尚有殘梅一枝亞清詩獨吟還自和

白酒已盡誰能借不辭青春忽忽過但恐懽意年年謝

自知醉耳愛松風會揀霜林結茅舍浮浮大甑長炊玉

澑澑小槽如壓蔗飲中眞味老更濃。醉裏狂言醒可怕閉門（一作但當）謝客對妻子。倒冠落佩從嘲罵。（後漢祭遵傳帝幸遵營饗士卒作黃門武樂良夜罷注云良猶深也南史陶弘景特愛松風庭院皆植松每聞其響欣然爲樂杜牧之晚晴賦倒冠落佩兮與世闊疎）

次韻前篇

去年花落在徐州。對月酣歌美清夜。（公自注去年花下對月與張君厚王子中兄弟飲酒）（作蘋字韻詩）今年黃州見花發小院閉門風露下。萬事如花不可期餘年似酒那禁瀉。憶昔扁舟泝巴峽。落帆樊口高桅亞長江袞袞空自流。白髮紛紛寧少借。竟無五畝繼沮溺。空有千篇凌鮑謝。至今歸計負雲山。未免孤衾眠客舍。少年辛苦眞食蓼。老境安閑（一作清閑）如啖蔗。饑寒未至且安居。憂患已空、猶夢怕穿花踏月、飲村酒。免使醉歸官長罵。陶淵明詩佳人美清夜達曙酣且歌韓退之詩大帆夜劃窮高桅白樂天詩何異食蓼蟲不知苦是苦啖蕉用顧愷之事已見十六卷韓退之答張徹詩初味如啖蕉遂通斯建瓴杜子美鄭廣文詩醉卽騎馬歸頗遭官長罵再見

安國寺浴

老來百事懶身垢猶念浴衰髮不到耳尚煩月一沐山城足薪炭煙霧蒙湯谷塵垢能幾何翛然脫羈梏披衣坐小閣散髮臨修竹心困萬緣空身安一牀足豈惟忘淨穢兼以洗榮辱默歸毋多談此理觀要熟

安國寺尋春

臥聞百舌呼春風。起尋花柳村村同。城南古寺修竹合。小房曲檻欹深紅。看花歎老憶年少。對酒思家愁老翁。病眼不羞雲母亂。鬢絲强理茶煙中。遥知二月王城外。玉仙洪福花如海。薄羅匀霧蓋新糚。快馬爭風鳴雜珮。玉川先生眞可憐。一生耽酒終無錢。病過春風九十日。獨抱添丁看花發。

孟東野樂府送花人老盡人悲花自開 春秋經 昭公二十二年劉子單子以王猛入於王城 呂希哲家塾記 玉仙觀在京城宣化門外有陳道士者修葺亭臺栽種花木甚盛洪福寺在京師黄魯直有同元明過洪福寺戲題詩云洪福僧園拂紺紗舊題塵壁似昏鴉春殘已是風和雨更著遊人撼落花 曹景宗傳 騎快馬如龍與年少輩數十騎云云覺耳後生風鼻頭出火 盧仝詩 天下薄夫苦耽酒玉川先生也耽酒薄夫有錢恣張樂先生無錢養恬漠又示添丁子詩 數日不食强人行何忍索我抱看滿樹花

寓居定惠院之東雜花滿山有海棠一株土人不知貴也

江城地瘴蕃草木。只有名花苦幽獨。嫣然一笑竹籬閒。桃李漫山總麤俗。也知造物有深意。故遣佳人在空谷。自然富貴出天姿。不待金盤薦華屋。朱脣得酒暈生臉。翠袖卷紗紅映肉。林深霧暗曉光遲。日暖風輕春睡足。雨中有淚亦悽愴。月下無人更清淑。先生食飽無一事。散步逍遙自捫腹。不問人家與僧舍。拄杖敲門看修竹。忽逢絶豔照衰朽。歎息無言揩病目。陋邦何處得此花。無乃好事移西蜀。寸根千里不易到。銜子飛來定鴻鵠。

天涯流落俱可念，爲飲一樽歌此曲。明朝酒醒還獨來，雪落紛紛那忍觸。

周易坤卦天地變化草木蕃楚詞九歌幽獨處乎山中宋玉賦嫣然一笑惑陽城迷下蔡杜子美詩絶代有佳人幽居在空谷又天寒翠袖薄日暮倚修竹又寄蘇侍御詩紅顔白面花映肉明皇雜錄上皇嘗登沉香亭召妃子時卯酒未醒高力士從侍兒扶掖而至上皇笑曰豈是妃子醉耶海棠睡未足耳世說王子猷嘗行過吳中見一士大夫家極有好竹王肩輿徑造竹下諷嘯良久南史袁粲爲丹陽尹郡南一家有竹石率爾步往直造竹所嘯詠自得韓退之詩誰家多竹門可欵白樂天送春詩百花落如雪

次韻樂著作野步

老來幾不辨西東，秋後霜林且强紅。眼暈見花眞是病，耳虛聞蟻定非聰。酒醒不覺春彊半，睡起常驚日過中。植杖偶逢爲黍客，披衣閑詠舞雩風。仰看落蘂收松粉，俯見新芽摘杞叢。楚雨還昏雲夢澤。吳潮不到武昌宮。

公自注黃州對岸武昌縣有孫權故宮

廢興古郡詩無數。寂寞閑牕易粗通。解組歸來成二老。風流他日與君同。

圓覺經譬彼病目見空中花聞蟻晉殷仲堪父事注已見揚子是以過中則惕又聖人之道譬猶日之中矣不及則未過則昃三國志吳主孫權二十五年自公安都鄂改名武昌杜子美贈贊公詩與子成二老來往亦風流已見蘅按公用粗字可通上聲十卷寄劉孝叔詩問道已許談其粗與組覩叶此詩寂寞閑牕易粗通亦作上聲想必有據

二月二十六日雨中熟睡至晚強起出門還作

此詩意思殊昏昏也

卯酒困三杯。午餐便一肉。雨聲來不斷。睡味清且熟。昏昏覺還臥。展轉無由足。彊起出門行。孤夢猶可續。泥深

竹雞語村暗鳩婦哭明朝看此詩睡語應難讀

白樂天詩空腹三杯卯後酒遯齋閑覽白蟻聞竹雞之聲盡化爲水今山林多有之其聲自呼爲泥滑滑者是也歐陽公鳴鳩詩天將陰鳴鳩逐婦鳴中林鳩婦怒嗁無好音

雨晴後步至四望亭下魚池上遂自乾明寺前東岡上歸二首

雨過浮萍合蛙聲滿四鄰海棠眞一夢梅子欲嘗新拄杖閑挑菜鞦韆不見人殷勤木芍藥獨自殿餘春

梁宗懍荆楚歲時記春節懸長繩於高木士女坐立其上共推引之以爲戲名曰鞦韆涅槃經謂之罥索天寶遺事禁中呼木芍藥爲牡丹論語奔而殿注在軍前曰啓後曰殿柳子厚芍藥詩欹紅醉濃露窈窕留餘春

高亭廢已久下有種魚塘暮色千山入春風百草香市

橋人寂寂。古寺竹蒼蒼。鸛鶴來何處。號鳴滿夕陽。

段公路北戶雜錄陶朱公養魚經云凡種魚池中有數洲令魚循環無窮如在江湖柳子厚記蒼然暮色自遠而至杜子美絕句遲日江山麗春風花草香

雨中看牡丹三首

霧雨不成點。映空疑有無。時於花上見。的皪走明珠。秀色洗紅粉。暗香生雪膚。黃昏更蕭瑟。頭重欲相扶。

杜子美詩鳴雨既過漸細微映空搖颺如絲飛淮南子日薄於虞淵是謂黃昏杜牧之詩醉頭扶不起三丈日還高

明日雨當止。晨光在松枝。清寒入花骨。肅肅初自持。午景發濃艷。一笑當及時。依然暮還斂。亦自惜幽姿。

幽姿不可惜。後日東風起。酒醒何所見。金粉抱青子。千花與百草。共盡無妍鄙。未忍汙泥沙。牛酥煎落蘂。

洛陽貴尚錄孟蜀時兵部貳卿李昊每牡丹花開將數朶分遺親友以金鳳牋成歌詩以致之又以興平酥同贈且云俟花謝即以酥煎食之無棄穠花也其風流貴重如此

次韻樂著作送酒

少年多病怯杯觴。老去方知此味長。萬斛羈愁都似雪。一壺春酒若爲湯。

庾信愁賦且將一寸心能容萬斛愁孔子家語人之棄惡如湯之灌雪焉枚叔七發小飯大歠如湯沃雪

次韻樂著作天慶觀醮

濁世紛紛肎下臨。夢尋飛步五雲深。無因上到通明殿。只許微聞玉佩音。

王欽若翊聖保德傳建隆初鳳翔盩厔民張守眞一日朝禮玉皇大殿覩其額曰通明殿不曉其旨眞君曰上帝在無上天爲諸天之尊常升金殿光明通徹無所

不照故爲通明殿

王齊萬秀才寓居武昌縣劉郎洑正與伍洲相對伍子胥奔吳所從渡江也

君家稻田冠西蜀。擣玉揚珠三萬斛。塞江流柹起書樓。碧瓦朱欄照山谷。傾家取樂不論命。散盡黃金如轉燭。惟餘舊書一百車。方舟載入荆江曲。江上青山亦何有。伍洲遙望劉郎藪。明朝寒食當過君。請殺耕牛壓私酒。與君飲酒細論文。酒酣訪古江之濆。仲謀公瑾不須弔。一酹波神英烈君。公自注杭州伍子胥廟封英烈王

晉王濬傳武帝謀伐吳濬造船於蜀木柹蔽江而下唐李磎傳聚書至萬卷時人號李書樓杜子美詩碧瓦朱甍照城郭李太白詩天生我才必有用黃金散盡還

復來杜詩萬事如轉燭又三歲如轉燭曹子建樂府中廚辦豐膳烹羊宰肥牛李詩吴姬壓酒喚客嘗杜懷李白詩何時一樽酒重與細論文

杜沂游武昌以酴醾花菩薩泉見餉二首

酴醾不爭春。寂寞開最晚。青蛟走玉骨。羽蓋蒙珠幰。不粧艷已絕。無風香自遠。淒涼吴宮闕。紅粉埋故苑。至今微月夜。笙簫來翠巘。餘妍入此花。千載尚清婉。怪君呼不歸。定爲花所挽。昨宵雷雨惡。花盡君應返。

王注以武昌有孫權故宮故特用吴宮嬪嬙之魂爲意耳

君言西山頂。自古流白泉。上爲千牛乳。下有萬石鉛。不媿惠山味。但無陸子賢。願君揚其名。庶託文字傳。寒泉比吉士。清濁在其源。不食我心惻。於泉非所患。嗟我本何有虛名空自纏，不見子柳子，餘愚汙谿山。

牛乳用杜詩已見。常州圖經：惠山之側有錫山，其山出錫。古謠云：有錫兵，無錫寧。故縣名無錫。陸文學傳云：陸羽品第天下水味，以惠山泉爲第二，刻石留山中，故名陸子泉，有祠堂在焉。周易井卦：井渫不食，爲我心惻。九五：井冽寒泉食。象曰：寒泉之食，中正也。柳子厚愚溪詩序：山水之奇，以余故咸以愚辱焉。

陳季常自岐亭見訪郡中及舊州諸豪爭欲邀致之戲作陳孟公詩一首

孟公好飲寧論斗，醉後關門防客走。不妨閑過左阿君，百謫終爲賢太守。老居閭里自浮沈，笑問伯松何苦心。忽然載酒從陋巷，爲愛揚雄作酒箴。長安富兒求一過，千金壽君君笑唾。汝家安得客孟公，從來只識陳驚坐。

漢書游俠傳：陳遵字孟公，嘗過長安富人左氏飲食作樂。司直陳崇劾奏遵乘藩車過寡婦左阿君，置酒歌謳，起舞跳梁，頓仆坐上。又：初爲京兆史，日出醉歸，曹事數廢西曹以故事謫之曰陳卿今日以某事謫遵曰滿百乃相聞又與張竦伯松俱以列侯歸長安竦居貧無賓客時時好事者從之質疑問事而遵車騎滿門酒肉相屬先是揚雄作酒箴遵大喜之謂竦曰吾與爾猶是矣足下諷誦經書苦身自約而我放意自娛浮沈俗間官爵功名不減於子而差獨樂顧不優耶又遵所到衣冠懷之惟恐在後時列侯有與遵同姓字者每至人門曰陳孟公坐中莫不震動既至而非因號其人曰陳驚坐

游武昌寒谿西山寺

連山蟠武昌。翠木蔚樊口。我來已百日。欲濟空搔首。坐看鷗鳥沒。夢逐麏麚走。今朝橫江來。一葦寄衰朽。高談破巨浪。飛屨輕重阜。去人曾幾何。絶壁寒谿吼。風泉兩部樂。松竹三益友。徐行欣有得。芝术在蓬莠。西上九曲亭。衆山皆培塿。卻看江北路。雲水渺何有。離離見吳宮。莽莽眞楚藪。空傳孫郎石。無復陶公柳。爾來風流人。惟

有漫浪叟買田吾已決乳水況宜酒所須修竹林深處安井臼相將踏勝絶更裏三日糗

楚辭招隱士白鹿麏麚兮或騰或倚揚雄反騷横江湘以南淮兩部樂用孔珪兩部鼓吹語已見元次山丐論古人鄉無君子則與雲山爲友里無君子則與松竹爲友坐無君子則與琴酒爲友論語益者三友左傳襄二十四年子太叔曰培塿無松柏注培塿小阜也杜子美詩高山之外皆培塿離騷九章滔滔孟夏兮草木莽莽三國孫策傳袁術嘗嘆曰使術有子如孫郎死復何恨江表傳策雖有位號士皆呼爲孫郎晉陶侃鎮武昌課諸營種柳唐元結傳家瀼濱乃自稱浪士及有官人以爲浪者亦漫爲官乎呼爲漫郎既客樊上少長相戲更曰聱叟又漫浪於人間得非聱齗乎公漫久矣可以漫爲叟元結集自釋云及家樊上漫遂顯焉注云在武昌縣西五里糗乾飯屑也

武昌銅劍歌 并引

供奉官鄭文嘗官於武昌江岸裂出古銅劍文得之以遺余治鑄精巧非鍛治所成者

雨餘江清風卷沙。雷公躡雲捕黃虵。虵行空中如枉矢。電光煜煜燒虵尾。或投以塊鏗有聲。雷飛上天虵入水。水上青山如削鐵。神物欲出山自裂。細看兩脅生碧花。猶是西江老蛟血。蘇子得之何所爲。蒯緱彈鋏詠新詩。君不見凌烟功臣。長九尺。腰間玉具高拄頤。

漢天文志枉矢狀類大流星虵行而蒼黑望如有毛目然 廣異記開元時太原武勝之嘗於靜江灘中見雷公踐雲逐虵靜江夫以石投之中虵鏗然有聲雷公飛去乃得一銅劍有文云許旌陽斬蛟第二劍 李賀長平箭頭歌淒淒古血生銅花 史記孟嘗君傳馮驩見孟嘗君置傳舍十日孟嘗君問傳舍長曰客何所爲答曰馮先生甚貧獨有一劍耳又蒯緱每彈劍而歌 注蒯如茅之類可爲繩緱謂把劍之處 漢匈奴傳單于朝天子於甘泉宮賜以玉具劍 後漢馮異傳光武賜以乘輿玉具劍 戰國策大冠若箕修劍拄頤

定惠院顒師爲余竹下開嘯軒

嗁鴂催天明，喧喧相詆譙。暗蛩泣夜永，喞喞自相弔。飲風蟬至潔，長吟不改調。食土蚓無腸，亦自終夕叫。鳶貪聲最鄙，鵲喜意可料。皆緣不平鳴，慟哭等嬉笑。阮生已麤率，孫子亦未妙。道人開此軒，清坐默自照。衝風振河海，不能號無竅。累盡吾何言，風來竹自嘯。

楚辭離騷恐鶗鴂之先鳴漢書譙讓注譙責也韓退之秋懷詩蟲弔寒夜永又吟蛩相喞喞傳玄蟬賦美玆蟬之純潔兮稟陰陽之微靈吸瀣露之朝零聆商風而和鳴差羣吟以遞倡似簫管之餘音荀子蚓上食埃土下飲黃泉用心一也崔豹古今注蚓曰歌女莊子秋水篇鴟得腐鼠鵷鶵過之仰而視之曰嚇西京雜記陸賈曰蜘蛛集而百事喜乾鵲噪而行人至韓退之送孟東野序凡物不得其平則鳴戰國策長歌之哀過於慟哭嬉笑之怒甚於裂眦孫登嘯詳見八卷惠山謁錢道人詩註楚詞九歌衝風起兮水橫波

石芝 并引

元豐三年五月十一日癸酉夜夢游何人家開堂西門有小園古井井上皆蒼石石上生紫藤如龍虵枝葉如赤箭主人言此石芝也余率爾折食一枝衆皆驚笑其味如雞蘇而甘明日作此詩

空堂明月清且新。幽人睡息來初勻。了然非夢亦非覺。有人夜呼祁孔賓。披衣相從到何許。朱欄碧井開瓊戶。忽驚石上堆龍虵。玉芝紫筍生無數。鏘然敲折青珊瑚。味如蜜藕和雞蘇。主人相顧一撫掌。滿堂坐客皆盧胡。亦知洞府嘲輕脫。終勝嵇康羨王烈。神山一合五百年。風吹石髓堅如鐵。

晉祁嘉傳字孔賓少清貧好學年二十餘夜忽聰中有聲呼曰祁孔賓隱去來修飭人間甚苦不可諧所得未毛銖所喪如山崖旦而逃去晉石崇傳武帝賜王愷珊瑚樹愷以示崇崇便以鐵如意擊之應手而碎杜子美詩腰下寶玦青珊瑚韓退之詩太華山頭玉井蓮開花十丈藕如船冷比雪霜甘比蜜一片入口沈痾痊本草水蘇一名雞蘇孔叢子盧胡而笑闞子宋之愚人得燕石藏之以爲大寶周客見之掩口盧胡而笑續神仙傳許碏遊盧口間嘗醉吟曰閬苑花前是醉鄉淊翻王母九霞觴羣仙拍手嫌輕脫謫向人間作酒狂淊似冉反王烈石髓詳五卷至秀州詩注按仙經神山五百年一開石髓出得而服之壽與天齊

今年正月十四日與子由別於陳州五月子由復至齊安以詩迎之

驚塵急雪滿貂裘。淚灑東風別宛丘。又向邯鄲枕中見。卻來雲夢澤南州。暌離動作三年計。牽挽當爲十日畱。早晚青山映黃髮。相看萬事一時休。

異聞集開元中道人呂翁常往來邯鄲有書生姓盧與翁同止逆旅主人方蒸黃粱共待其熟盧生不覺長嘆翁問之具言生世困厄翁開囊中枕以授盧曰枕此

當如願生俛首但記身入枕中遂至其家未幾登高第歷臺閣出入將相五十年忽欠伸而寤黄粱猶未熟也謝曰先生以窒吾欲耳自此不復求仕矣漢陸賈傳約過女極飲十日而更柳子厚别劉夢得詩耦耕若便遺身世黄髮相看萬事休

遷居臨皋亭

我生天地閒。一蟻寄大磨。區區欲右行。不救風輪左。雖云走仁義。未免違一作遲寒餓。劍米有危炊。鍼氈無穩坐。豈無佳山水。借眼風雨過。歸田不待老。勇決凡幾個。幸兹廢棄餘。疲馬解鞍馱。全家占江驛。絶境天爲破。饑貧相乘除。未見可弔賀。澹然無憂樂。苦語不成些。蘇个切

抱朴子天圓如張蓋地方如棋局天旁轉如磨推而左行日月右行隨天左轉譬之蟻行磨石之上磨左旋而蟻右去磨疾而蟻遲故不得不隨磨而左迴焉晉天文志亦云楞嚴經覺明空昧相待成搖故有風輪執持世界晉顧愷之傳桓玄與愷之同在殷仲堪坐共作危語玄曰矛頭淅米劍頭炊晉杜錫傳屢諫愍懷太子

太子患之置針著錫常所坐氈中刺之流血張平子有歸田賦左傳昭八年史趙曰可弔也而又賀之史記張儀傳羣臣皆賀子獨弔何也些說文語詞也宋玉哀屈原作招魂楚些沈存中云今夔峽湖湘及南北江獠人凡禁呪句尾皆稱些乃楚人舊俗西域呪語末皆云娑婆訶亦三合而為些也

曉至巴口迎子由

去年御史府。舉動觸四壁。幽幽百尺井。仰天無一席。隔牆聞歌呼。自恨計之失。畱詩不忍寫。苦淚漬紙筆。餘生復何幸。樂事有今日。江流鏡面淨。煙雨輕羃䍥。孤舟如鳧鷖。點破千頃碧。聞君在磁湖。欲見隔咫尺。朝來好風色。旗尾西北擲。行當中流見。笑眼清光溢。此邦疑可老。修竹帶泉石。欲買柯氏林。茲謀待君必。

漢王莽傳定安公第置門衛使者監領敕阿乳母不得與語常在四壁中韓退之詩隔牆聞讙呼眾口極鵝鴈按先生有獄中寄子由詩見四十卷中杜子美復愁

詩皁尾掣旗竿劉禹錫詩旗尾飄揚勢漸高

與子由同游寒谿西山

散人出入無町畦。朝游湖北暮淮西。高安酒官雖未上。
兩腳垂欲穿塵泥。與君聚散若雲雨。共惜此日相提攜。
千搖萬兀到樊口。一箭放溜先鳧鷖。層層草木暗西嶺。
瀏瀏霜雪鳴寒谿。空山古寺亦何有。歸路萬頃青玻瓈。
我今漂泊等鴻鴈。江南江北無常棲。幅巾不擬過城市。
欲踏徑路開新蹊。公自注路有直入寒谿不過武昌者卻憂別後不忍到。見子
行迹空餘悽。吾儕流落豈天意。自坐迂闊非人擠。行逢
山水輒羞歎。此去未免勤鹽虀。何當一遇李八百。公自注李八百

宅在筠州相哀白髮分刀圭。唐陸龜蒙號江湖散人莊子人閒世而幾死之散人又惡知散木又彼且爲無町畦亦與之爲無町畦寒谿西山在鄂州武昌縣屬湖北黃州屬淮西圖經筠州高安郡潁濱遺老傳子瞻以詩得罪朝廷轍從坐謫監筠州鹽酒稅神仙傳李八百蜀人也莫知其名歷世見之時人計其年八百歲因以號之或隱山林或出市廛相傳能拄拐日八百里陳摶傳有一人青巾短褐叩陳希夷門未報倏去追之見老人衣鹿皮曰此神仙李八百也動則八百里本草凡散藥有云刀圭者十分方寸匕之一堆如梧桐子大也韓退之寄周隨州詩金丹別後知傳得乞取刀圭救病身

次韻答子由

平生弱羽寄衡風。此去歸飛識所從。好語似珠穿一一。妄心如膜退重重。山僧有味寧知子。瀧吏無言只笑儂。杜牧之登第後過隣居老僧詩山僧尚未知名姓始羨空門氣味長韓退之瀧吏詩瀧吏垂手笑官何問之愚儂幸無負犯何由到而知華嚴經卽以利益諸衆生

尚有讀書清淨業。未容春睡敵千鍾。

而爲自行清淨業

和何長官六言

作邑君眞伯厚。去官我豈曼容。一塵願託仁政。六字難賡變風。後漢朱震字伯厚詳十七卷林子中以詩寄文注漢兩龔傳邴曼容養志自修爲官不肎過六百石輒自免去

五噫已出東洛。三復願比南容。學道未逢潘盎。公自注南海謂狂爲盎潘近世得道者也草書猶似楊風。後漢梁鴻傳過京師作五噫之歌已見王注元祐中廣南儂智高反至梧州有潘盎者棄妻子服儒衣常持一大罌行坐獨語南越謂愚盎儂賊聞其異名而問之曰吾形貌如何盎曰汝一賊也他無所類賊怒害之法書苑楊凝式善行草書時人以楊風呼之再見

石渠何須反顧。水驛幸足相容。長江大欲見庇。探支八

月涼風。三輔舊事石渠閣在未央大殿北以藏祕書漢劉向傳講論五經於石渠楚辭離騷忽反顧以游目兮將往觀乎四荒王注採支字是官物官錢有此名此亦戲言之矣

清風初號地籟。明月自寫天容。貧家何以娛客但知抹月批風。韓退之詩天容與水色此處皆綠淨禪宗有薄批明月細抹清風之語

青山自是絶色。無人誰與爲容。說向市朝公子。何殊馬耳東風。李太白詩世人聞此皆掉頭有如東風射馬耳

觀張師正所蓄辰砂

將軍結髮戰蠻溪。篋有殊珍勝象犀。漫說玉牀收一作分箭

鏃。何曾金鼎識刀圭近聞猛士收丹穴。欲助君王鑄裹蹏。多少空巖人不見。自隨初日吐虹蜺。

圖經辰州出丹砂其苗乃白石耳土人謂之砂牀箭鏃連牀者色若鐵而瑩澈漢貨殖傳寡婦清其先得丹穴擅其利數世武帝紀大始二年詔更黃金爲麟趾裹蹏史記封禪書少君言上曰祀竈則致物致物而丹沙可化爲黃金沙同砂大洞鍊眞寶經上品光明沙者受太陽洞通澄明正眞之精氣降結紅光耀如日色

五禽言 幷引

梅聖俞嘗作四禽言余謫黃州寓居定惠院遶舍皆茂林修竹荒池蒲葦春夏之交鳴鳥百族土人多以其聲之似者名之遂用聖俞體作五禽言

按梅聖俞詩集四禽言則竹雞婆餅焦提胡蘆杜鵑也一曰泥滑滑苦竹岡雨蕭蕭馬上郎馬蹏凌競雨又急此鳥爲君應斷腸二曰婆餅焦兒不食爾父向何之爾母山頭化爲石山頭化石可奈何遂作微禽啼不息三曰提胡蘆沽美酒風爲賓樹爲友山花撩亂目前開勸爾今朝千萬壽四

曰不如歸去春山雲暮萬木兮參天蜀天兮何處人言有翼可歸飛安用悲嗁向高樹

使君向蘄州。更唱蘄州鬼。我不識使君。寧知使君死。人生作鬼會。不免。使君已老知何晚。【公自注】王元之自黃移蘄州聞嗁鳥問其名或對曰此名蘄州鬼元之惡之果卒於蘄

南山昨夜雨。西谿不可渡。谿邊布穀兒。勸我脫破袴。不辭脫袴谿水寒。水中照見催租瘢。【公自注】土人謂布穀爲脫却破袴

去年麥不熟。挾彈規我肉。今年麥上塲。處處有殘粟。豐年無象何處尋。聽取林間快活吟。【公自注】此鳥聲云麥飯熟即快活

力作力作。蠶絲一百箔。壠上麥頭昂。林間桑子落。願儂一箔千兩絲。繅絲得蛹飼爾雛。【公自注】此鳥聲云蠶絲一百箔

王元景談藪元景嘗大醉楊遵彦謂之曰何大低昂元景曰黍熟頭低麥熟頭昂黍麥俱有所以低昂

姑惡姑惡姑不惡妾命薄君不見東海孝婦死作三年乾不如廣漢龐姑去卻還公自注姑惡水鳥也俗云婦以姑虐死故其聲云漢于定國傳東海有孝婦其姑自經死姑女告吏婦殺我母具獄上府于公以爲此婦養姑以孝聞必不殺也太守不聽竟論殺孝婦郡中枯旱三年後漢列女傳廣漢姜詩妻同郡龐盛之女詩母愛飲江水妻汲不時至母渴詩責而遣之妻乃寄止鄰舍晝夜紡績市珍羞使鄰母以意自遺其姑久之姑怪問鄰母感慚呼還

次韻子由病酒肺疾發

憶子少年時肺病疲坐臥喊呀或終日勢若風雨過虛陽作浮漲客冷仍下墮妻孥恐悵望膾炙不登坐終年禁晚食半夜發清餓胃強鬲苦滿肺斂腹輒破三彭恣啖齧二豎肎逋播寸田可治生誰勸耕黃穋公自注新法方田謂黃穋爲上

腴

探懷得眞藥，不待君臣佐。初如雪花積，漸作櫻桃一作珠大。隔牆聞三嚥，隱隱如轉磨。自茲失故疾，陽唱陰輒和。神仙多歷試，中路或坎坷。平生不盡器，痛飲知無奈。舊人眼看盡，老伴餘幾個。殘年一斗粟，待子同春簸。云何不自珍，醉病又一挫。眞源結梨棗，世味等糠莝。耕耘當待獲，願子勤自課。相將賦遠游，仙語不用些。

三彭注見本卷左傳成十年晉景公求醫於秦秦桓公使醫緩爲之未至公夢疾爲二豎子曰彼良醫也懼傷我焉逃之其一曰居於肓之上膏之下若我何黃庭經寸田尺宅可治生寸田謂三丹田注見本卷本草養命之藥則多君養性之藥則多臣療病之藥則多佐漢淮南厲王傳廢處蜀嚴道邛郵不食而死民歌之曰一尺布尚可縫一斗粟尚可舂兄弟二人不相容眞誥紫微王夫人授許長史曰火棗交梨之樹已生君心中猶令有荆棘相雜可剪荆棘出此樹單生糠莝漢陳平傳亦食糠覈耳史記范睢傳置莝豆其前令兩黥徒夾而馬食之楚辭遠游悲時俗之迫阨兮願輕舉以遠游

正月廿日往岐亭郡人潘古郭三人送余於女王城東禪莊院 志林黃州東十五里有永安城俗謂之女王城

十日春寒不出門。不知江柳已搖村。稍聞決決流冰谷。盡放青青沒燒痕。數畝荒園留我住。半瓶濁酒待君溫。去年今日關山路。細雨梅花正斷魂。

唐詩岡分河勢斷春入燒痕深

鐵拄杖 并引

柳真齡字安期、閩人也、家寶一鐵拄杖、如楖栗木、牙節宛轉天成、中空有簧、行輒微響、柳云得之浙中、相傳王審知以遺錢鏐、鏐以賜一僧、柳偶得之

以遺余作此詩謝之

柳公手中黑蜕滑。千年老根生乳節。忽聞鏗然爪甲聲。四坐驚顧知是鐵。含簧腹中細泉語。迸火石上飛星裂。公言此物老有神。自昔閩王餉吳越。不知流落幾人手。坐看變滅如春雪。忽然贈我意安在。兩脚未許甘衰歇。便尋轍迹訪崆峒。徑渡洞庭探禹穴。披榛覓藥採芝菌。刺虎鏦蛟擉蛇蝎。會教化作兩錢錐。歸來見公未華髮。問我鐵君無恙否。取出摩挲向公說。

杜子美桃竹杖引出入爪甲鏗有聲莊子在宥黃帝立爲天子十九年令行天下聞廣成子在於空同之上故往見之韻語陽秋崆峒山汝州岷俱有之杜詩云崆峒小麥熟則岷州之崆峒也黃帝往空同乃汝州之空同也漢司馬遷傳南游江淮上會稽探禹穴漢書鏦殺吳王周禮以時擉魚鼈龜蜃說苑干將莫邪斬羽截

鐵拂鐘不錚此至利也使之補履曾不如兩錢之錐東方朔別傳亦云桂苑叢談李德裕贈僧方竹杖及再見問杖無恙否曰已規而漆之矣公嗟惋久之風俗通恙毒蟲也喜傷人古人草居露宿故相勞問必曰無恙

與潘三失解後飲酒

千金弊帚人誰買。半額蛾眉世所妍。顧我自爲都眊矂。憐君欲鬬小嬋娟。青雲豈易量他日。黃菊猶應似去年。醉裏未知誰得喪。滿江風月不論錢。

後漢馬廖傳城中好廣眉四方且半額國史補進士不捷而飲謂之打眊矂孟東野嬋娟篇花嬋娟泛春泉妓嬋娟不長妍李太白詩清風明月不用一錢買

施註蘇詩卷之十八

施註蘇詩卷之十九

漫堂先生宋　犖
樸園先生張榕端　閲定

長洲顧嗣立
毗陵邵長蘅　删補
商丘宋　至

詩七十三首時在黃州作

東坡八首并引

按東坡在黃岡山下州治東百餘步先生儋耳手澤云杞人馬正卿作太學生清苦有氣節學者既不喜博士亦忌之余少時偶至其齋中書杜子美秋雨歎壁上初無意也而正卿卽日辭歸不復出至今白首窮餓守節如故詩中馬生卽其人也

余至黃州二年日以困匱故人馬正卿哀予乏食爲於郡中請故營地數十畝使得躬耕其中地既

久荒爲茨棘瓦礫之場而歲又大旱墾闢之勞筋力殆盡釋耒而歎乃作是詩自愍其勤庶幾來歲之入以忘其勞焉

廢壘無人顧。頹垣滿蓬蒿。誰能捐筋力。歲晚不償勞。獨有孤旅人。天窮無所逃。端來拾瓦礫。歲旱土不膏。崎嶇草棘中。欲刮一寸毛。喟然釋耒嘆。我廩何時高。詩周頌亦有高廩萬億及秭

荒田雖浪莽。高庳各有適。下隰種秔稌。東原蒔棗栗。江南有蜀士。桑果已許乞。好竹不難栽。但恐鞭橫逸。仍須卜佳處。規以安我室。家童燒枯草。走報暗井出。一飽未

敢期瓢飲已可必。晉陶潛傳公田五十頃種秔詩周頌豐年多黍多稌鄭氏云稌稻也蜀士謂王文甫也文甫嘉州犍爲縣人居於武昌先生與秦太虛書云所居對岸武昌山水絕佳有蜀人王生在邑中往往爲風濤所隔不能歸則王生能爲殺雞炊黍至數日不厭東方朔傳規以爲苑

自昔有微泉。來從遠嶺背。穿城過聚落。流惡壯蓬艾。去爲柯氏陂。十畝魚蝦會。歲早泉亦竭。枯萍粘破塊。昨夜南山雲。雨到一犂外。泫然尋故瀆。知我理荒薈。泥芹有宿根。一寸嗟獨在。雪芽何時動。春鳩行可膾。公自注蜀人貴芹芽膾雜鳩肉爲之後漢劉平傳王扶少修節行聚落化其德注云小於鄉曰聚廣雅云落居也左傳有汾澮以流其惡杜子美大雨詩流惡邑里清陶淵明詩晨侵理荒穢

種稻清明前。樂事我能數。毛空暗春澤。鍼水聞好語。公自

注蜀人以細雨爲雨毛稻初生時農夫相語稻鍼出矣

分秧及初夏。漸喜風葉舉。月明看露上。一一珠垂縷。秋來霜穗重。顛倒相撑拄。但聞畦隴間。蚱蜢如風雨。公自注蜀中稻熟時蚱蜢羣飛田間如小蝗狀而不害稻

新春便入甑。玉粒照筐筥。我久食官倉。紅腐等泥土。行當知此味。口腹吾已許。

江文通別賦秋露如珠秋月如珪漢賈捐之傳太倉之粟紅腐而不可食

良農惜地力。幸此十年荒。桑柘未及成。一麥庶可望。投種未逾月。覆塊已蒼蒼。農父告我言。勿使苗葉昌。君欲富餅餌。要須縱牛羊。再拜謝苦言。得飽不敢忘。

史記商君傳苦言藥也甘言疾也

種棗期可剝。種松期可斲。事在十年外。吾計亦已慤。十年何足道。千載如風雹。舊聞李衡奴。此策疑可學。我有同舍郎。官居在灊岳。公自注李公擇也遺我三寸甘。照坐光卓犖。百栽儻可致。當及春冰渥。想見竹籬間。青黃垂屋角。

襄陽耆舊傳李衡作宅於武陵龍陽汎洲上種橘千株臨終敕其子曰吾有千頭木奴不責汝衣食歲上一匹絹可以不貧矣南史彭城王義康傳上嘗冬月噉甘歎其形味並劣義康在坐曰今年甘殊有佳者遣還東府取甘大供御者三寸杜子美即事詩一雙白魚不受釣三寸黃甘猶自青楚辭橘頌青黃雜糅文章爛兮杜子美詩紅稠屋角花

潘子久不調。沽酒江南村。郭生本將種。賣藥西市垣。古生亦好事。恐是押牙孫。家有十畝竹。無時容叩門。我窮交舊絕。三子獨見存。從我於東坡。勞餉同一飧。可憐杜拾遺事與朱阮論吾師卜子夏四海皆弟昆潘名大臨字邠老滎陽人郭生名遘汾陽人古生名耕道新平人漢張釋之傳十年不得調漢齊悼惠王傳朱虛侯章曰臣將種也薛調無雙傳劉振女曰無雙許以妻王仙客未果而振授朱泚僞官無雙籍入掖庭仙客怨慕不已聞富平古押牙人聞有心人以情告之古生作奇法取之使復爲夫婦二十年杜子美絕句梅熟許同朱老喫松高擬對阮生論

馬生本窮士從我二十年日夜望我貴求分買山錢我今反累生借耕輟茲田刮毛龜背上何時得成氊可憐馬生癡至今夸我賢衆笑終不悔施一當獲千傳大士金剛經頌如龜毛不實似兎角無形

題織錦圖上回文三首

春晚落花餘碧草夜涼低月半枯桐人隨遠鴈邊城暮

雨暎疎簾繡閣空

紅手素絲千字錦故人新曲九回腸風吹絮雪愁縈骨

淚灑縑書恨見郎

晉列女傳竇滔妻蘇蕙織錦爲回文旋圖詩以贈滔凡八百四十字再見司馬遷報任安書腸一日而九回後漢蔡倫傳自古書契多編以竹簡其用縑白者謂之爲紙

羞看一首回文錦錦似文君別恨深頭白自吟悲賦客

斷腸愁是斷絃琴

西京雜記相如晚居茂陵將聘妾文君作白頭吟自絕相如乃止後漢列女蔡琰傳注邕故斷琴一絃問之琰曰第四絃

姪安節遠來夜坐三首

南來不覺歲崢嶸坐撥寒灰聽雨聲遮眼文書元不讀

伴人燈火亦多情嗟予潦倒無歸日今汝蹉跎已半生

免使韓公悲世事。白頭還對短燈檠。鮑明遠舞鶴賦歲崢嶸而催莫杜子美詩旅食歲崢嶸白樂天詩對雪晝寒灰傳燈錄有僧問藥山惟儼禪師和尚不許人看經因何卻自看師曰我只圖遮眼嵇叔夜絕交書足下舊知吾潦倒麤疏不切事情韓退之短燈檠歌一朝富貴還自恣長檠高張照朱翠吁嗟世事無不然牆角君看短檠棄

心衰面改瘦崢嶸。相見惟應識舊聲。永夜思家在何處。殘年知汝遠來情。畏人默坐成癡鈍。問舊驚呼半死生。夢斷酒醒山雨絕。笑看饑鼠上燈檠。識舊聲暗使後漢夏馥事詳十二卷子由將赴南都詩註韓退之示姪孫湘詩知汝遠來應有意杜子美詩問舊半爲鬼驚呼熱中腸

落第汝爲中酒味。吟詩我作忍饑聲。便思絕粒真無策。苦說歸田似不情。腰下牛閑方解佩。洲中奴長足爲生。大弨一弛何緣彀。已覺飜飜不受檠。

唐李廓落第詩氣味如中酒情懷似別人陸龜蒙杞菊賦序忍飢誦經豈不知屠沽兒有酒食耶木奴用李衡洲上種橘事注見本卷韓退之詩大弨挂壁無由彎漢蘇武傳能網紡繳檠弓弩顏師古曰檠謂輔正弓弩也

冬至日贈安節

我生幾冬至少小如昨日當時事父兄上壽拜脫膝十年閱凋謝白髮催衰疾瞻前惟兄三顧後子由一近者隔濤江遠者天一壁今朝復何幸見此萬里姪憶汝總角時啼笑爲梨栗今來能慷慨志氣堅鐵石諸孫行復爾世事何時畢詩成卻超然老淚不成滴

楚辭離騷瞻前而顧後兮相觀人之計極陶淵明責子詩通子垂九齡但覓梨與栗

岐亭道上見梅花戲贈季常

蕙死蘭枯菊亦摧。返魂香入嶺頭梅。數枝殘綠風吹盡

一點芳心雀啅開。野店初嘗竹葉酒。江雲欲落豆稭灰。

行當更向釵頭見。病起烏雲正作堆。

東方朔十洲記聚窟洲有返魂香死屍於地聞之即活杜子美詩啅雀爭枝墜又詩雀啄江頭楊柳花張協七命豫北竹葉注云竹葉清宜城九醞酒也文酒清話王勉秀才上吉水縣大夫雪詩上天燒下豆稭灰烏李須教做白梅

欒全先生生日以鐵拄杖爲壽二首

先生眞是地行仙。住世因循五百年。每向銅人話疇昔。

故教鐵杖鬬清堅。入懷冰雪生秋思。倚壁蛟龍護晝眠。

遙想人天會方丈。衆中驚倒野狐禪。

楞嚴經有十種仙堅固服餌而不休息食道圓成名地行仙法華經正法住世二十小劫像法亦住二十小劫銅人用薊子訓摩挲銅人事注再見韓退之赤藤杖

歌空堂晝眠倚戶牖飛電著壁搜蛟螭傳燈錄佛爲人天師又百丈山大智禪師每日上堂有一老人隨衆聽法一日衆散老人不去師問之老人曰我非人也過去生中曾住此山有學人問大修行底人還落因果也無對曰不落因果遂墮在野狐身今請和尚代一轉語師曰汝但問老人便問師曰不昧因果老人言下大悟告辭曰今已免野狐身

二年相伴影隨身。踏遍江湖草木春。擿石舊痕猶作眼。閉門高節欲生鱗。畏塗自衛眞無敵。捷徑爭先卻累人。遠寄知公不嫌重。筆端猶自斡千鈞。

莊子達生篇夫畏塗者十殺一人則父子兄弟相戒也必盛卒徒而後敢出焉楚辭離騷何桀紂之昌披兮夫惟捷徑以窘步鮑明遠城東橋詩爭先萬里途各事百年身

杭州故人信至齊安

昨夜風月清夢到西湖上朝來聞好語扣戶得吳餉輕

圓白曬。荔脆釀紅螺醬。更將西菴茶。勸我洗江瘴。故人情義重。說我必西向。一年兩僕夫。千里問無恙。相期結書社。公自注故人相約釀錢顧僕夫一歲再至黃未怕供詩帳。公自注僕頃以詩得罪有司移杭取境內所留詩杭州供數百首謂之詩帳還將夢魂去。一夜到江漲。公自注江漲杭州橋名

蔡君謨荔枝譜福州舊貢紅鹽蜜煎二種慶曆初知州沈邈以道遠不可致減紅鹽之數而增白曬者

送牛尾貍與徐使君公自注時大雪中

風卷飛花自入帷。一樽遙想破愁眉。泥深厭聽雞頭鶻。公自注蜀人謂泥滑滑爲雞頭鶻酒淺欣嘗牛尾貍。通印子魚猶帶骨。披綿黃雀漫多脂。殷勤送去煩纖手。爲我磨刀削玉肌。

後漢梁冀傳妻孫壽作愁眉啼粧王彥輔麈史閩中鮮食最珍者子魚也割之則子滿腹莆田迎仙鎮乃其出處予按部過之驛左有一祠謂之通應廟下有水曰

通應谿日受潮汐訪諸土人爲鹹淡水不相入處此魚最良故謂之通應子魚比見士大夫賦詩多曰通印以目其魚之大小如王荆公送元厚之知福唐詩云長魚俎上通三印荆公博學多聞豈自有所稽耶黃雀出江西臨江軍土人謂脂厚爲披綿

四時詞

春雲陰陰雪欲落。東風和冷驚簾幙。漸看遠水綠生漪。
未放小桃紅入萼。佳人瘦盡雪膚肌。眉斂春愁知爲誰。
深院無人剪刀響。應將白紵作春衣。

謝靈運詩山桃發紅萼杜子美蚕春詩紅入桃花嫩青歸柳葉新張籍白紵歌皎皎白紵白且鮮將作春衣稱少年裁縫長短不能定自持刀尺向姑前

垂柳陰陰日初永。蔗漿酪粉金盤冷。簾額低垂紫燕忙。
蜜脾已滿黃蜂靜。高樓睡起翠眉嚬。枕破斜紅未肎勻。
玉腕半揎雲碧袖。樓前知有斷腸人。

宋玉招魂濡鼈炮羔有柘漿些注柘藷蔗也取藷蔗之汁以爲漿飲也杜子美入奏行蔗漿歸厨金盌凍孟郊莎柵聯句此處不斷腸定知無斷處

新愁舊恨眉生綠。粉汗餘香在蘄竹。象牀素手熨寒衣。爍爍風燈動華屋。夜香燒罷掩重扃。香霧空濛月滿庭。抱琴轉軸無人見。門外空聞裂帛聲。

杜子美白絲行象牀玉手亂殷紅萬草千花動凝碧美人細意熨帖平裁縫滅盡針線跡戰國策孟嘗君至楚楚獻象牀白樂天琵琶行轉軸撥絃三兩聲又四絃一聲如裂帛

霜葉蕭蕭鳴屋角。黃昏陡一作斗覺羅衾一作衣薄。夜風搖動鎮帷犀。酒醒夢回聞雪落。起來呵手畫雙雅。醉臉輕勻襯眼霞。眞態生香誰畫得。玉奴纖手嗅梅花。

杜牧之秋娘詩虎睛珠絡褓金盤犀鎭帷南部煙花記虞世基嘲司花女袁寶兒詩學畫鴉兒半未成杜牧之閨情詩娟娟卻月眉新鬢學鴉飛牛僧孺周秦行紀

楊太眞自稱爲玉奴

太守徐君猷通守孟亨之皆不飮酒以詩戲之

徐君猷名大受東海人孟亨之名震東平人舉進士東坡來黃州二君爲守倅厚禮之無還謫意君猷秀惠列屋杯觴流行多爲賦詞滿去而殂坡有祭文挽詞意甚悽惻亨之寓毗陵坡自黃過常有同游僧舍詩載二十三卷

孟嘉嗜酒桓溫笑。徐邈狂言孟德疑。公獨未知其趣爾。臣今時復一中之。風流自有高人識。通介寧隨薄俗移。二子有靈應撫掌。吾孫還有獨醒時。

晉孟嘉傳未得酒中趣注已見又庾亮正旦大會州府人士褚裒問亮聞江州有孟嘉其人何在亮曰在坐卿自覓裒歷觀指嘉曰此君小異將無是乎亮欣然喜裒得嘉而奇嘉爲裒所得陶淵明孟嘉傳高陽許詢嘗乘船近行適逢嘉過嘆曰都邑美士吾盡識之獨不識此人唯聞中州有孟嘉者將非是乎中聖人徐邈語再見三國徐邈傳盧欽著書稱邈曰或問欽徐公當武帝時人以爲通自在凉州及還京師人以爲介何也欽曰往毛孝先崔季珪用事貴清素之士于時皆變易

車服以求名高而徐公不改其常故人以爲通比來天下奢靡轉相倣效而徐雅尚自若不與俗同故前日之通乃今日之介也是世人之無常而徐公之有常也史記屈原傳舉世混濁而我獨清衆人皆醉而我獨醒

雪後到乾明寺遂宿

門外山光馬亦驚。堦前屐齒我先行。風花誤入長春苑。雲月長臨不夜城。未許牛羊傷至潔。且看鴉鵲弄新晴。更須攜被留僧榻。待聽摧簷瀉竹聲。

太平寰宇記長春宮在同州朝邑縣強梁原上周武帝保定五年宇文護所築尉遲偓中朝故事長春宮園林繁茂花木無所不有芳菲長如三春節漢地理志齊地記云古有日夜出見於東萊故萊子立此城以不夜爲名寰宇記不夜城在登州文登縣春秋時萊子所置邑以日出于東故以不夜爲名

伯父送先人下第歸蜀詩云人稀野店休安枕路入靈關穩跨驢安節將去爲誦此句因以爲

韻作小詩十四首送之

索漠齊安郡。從來著放臣。如何風雪裏。更送獨歸人。

瘦骨寒將斷。衰髯摘更稀。未甘爲死別。猶恐得生歸。

杜子美簡諸子詩長安苦寒誰獨悲杜陵野老骨欲折又垂老別孰知是死別

日上氣暾江。雪晴光眩野。記取到家時。鋤耰吾正把。

月明穿破裘。霜氣澀孤劍。歸來閉戶坐。默數來時店。

韓退之喜侯喜至詩依依夢歸路歷歷想行店崔豹古今注肆所以陳貨鬻之物店所以置貨鬻之物

諸兄無可寄。一語會須酬。晚歲俱黃髮。相看萬事休。

故人如念我。爲說瘦欒欒。尚有身爲患。已無心可安。

詩國風棘人欒欒老子吾所以有大患者爲吾有身

吾兄喜酒人。今汝亦能飲。一杯歸誦此。萬事邯鄲枕。

東阡在何許。寒食江頭路。哀哉魏城君。宿草荒新墓。

杜子美詩寒食江頭路風花高下飛魏城君公之配王氏也

臨分亦泫然。不爲窮途泣、東阡時一到。莫遣牛羊入。

晉阮籍傳率意獨駕車迹所窮輒慟哭而返

我夢隨汝去。東阡松柏青。卻入西州門。永愧北山靈。

乞墦何足羨。負米可忘艱。莫爲無車馬。含羞入劍關。

家語子路曰昔者由也事二親之時常食藜藿之實爲親負米百里之外今列鼎而食願食藜藿爲親負米不可復得也華陽國志漢司馬相如成都人蜀有升僊橋相如出關題其柱云大丈夫不乘駟馬車不復過此橋後漢郭丹傳買符入函谷關慨然歎曰丹不乘使者車終不出關去家二十年果乘高車出關

我坐名過實。讙譁自招損。汝幸無人知。莫厭家山穩。

越絕書名過實者滅故聖人不使名過實

竹笥與練帬。隨時畢婚嫁。無事苦相思。征鞍還一跨。

後漢戴良傳五女出嫁練裳布被竹笥木屐以遣之

萬里卻來日。一菴仍獨居。應笑謀生拙、團團如磨驢。

次韻和王鞏六首

君談陽朔山。不作一錢直。巖藏兩頭虺。瘴落千仞翼。雅宜驢兜放。頗訝虞舜陟。暫來已可畏。覽鏡憂面黑。況子三年囚。苦霧變飲食。吉人終不死。仰荷天地德。我來黃岡下。欹枕江流碧。江南武昌山。向我如咫尺。春蔬黃土軟。凍筍蒼崖坼。此行。我累君。乃反得安宅。遥知丹穴近。

爲斵句漏石。他年分刀圭。名字挂仙籍。公自注輩許惠桂州丹砂陽朔屬桂州北夢瑣言楊蘧曾至嶺外見陽朔荔浦山水愛之談不容口嘗謂王讚曰侍郎曾見陽朔山水乎讚笑曰某未嘗打人唇綻齒折那得見之蓋非貶不去也漢灌夫傳平生毀程不識不直一錢韓退之永貞行江氣嶺祲昏若凝一蛇兩頭見未曾瘴落千仞翼本意用馬援飛鳶跕跕事注已見尚書舜陟方乃死注云升道南巡守死於蒼梧之野白樂天惻惻吟炎瘴靈均面黧黑句漏漢縣屬交阯出丹砂

少年帶刀劍。但識從軍樂。老大服犂鋤。解佩付鎔鑠。雖無獻捷功。會賜力田爵。敲冰春擣紙。刈葦秋織箔。櫟林斬冬炭。竹塢收夏籜。四時俯有取。一飽天所酢。君生紈綺間。欲學非其脚。左右玉纖纖。束薪誰爲縛。勿令聞此語。翠黛頻將惡。笑我一閒茅。婦姑紛六鑿。韓退之會李正封聯句從軍古云樂談笑清油幕漢文帝紀遣使勞賜孝弟力田置三老孝弟力田常員周禮仲冬斬陰木仲夏斬陽木漢貨殖傳頫有拾仰有收

已見趙飛燕外傳爲薄眉號山黛宋玉神女賦頩薄怒以自持兮曾不可乎犯干六鑿出莊子外物篇注已見

欲結千年實。先摧二月花。故教窮到骨。要使壽無涯。久已逃天網。何須服日華。賓州在何處。爲子上栖霞。

内景經吞日月華法呪曰日魂云云十六字自有五色流霞入口中許端夫齊安拾遺云栖霞樓在郡城最高處江淮絕境也

鄰里有異趣。何妨傾蓋新。殊方君莫厭。數面自成親。默坐無餘事。回光照此身。他年赤墀下。玉立看垂紳。

陶淵明答龐參軍詩引俗諺云數面成親舊況其情過此者乎廣燈錄古德云若能回光反照漢梅福傳登文石之陛涉赤墀之塗

平生我亦輕餘子。晚歲人誰念此翁。巧語屢曾遭薏苡。廋詞聊復託芎藭。子還可責同元亮。妻卻差賢勝敬通。若問我貧天所賦。不因遷謫始囊空。

杜子美題鄭十八著作詩可念此翁懷直道也霑新國用輕刑先生詩話云昔吾爲鳳翔幕過長安見劉原父留吾劇飲數日酒酣謂吾曰昔陳季弼告陳元龍曰聞遠近之論謂明府驕而矜元龍曰夫閨門雍穆有德有行吾敬陳元方兄弟淵清玉潔有禮有法吾敬華子魚清修疾惡有識有義吾敬趙元達博聞强記奇逸卓犖吾敬孔文舉雄姿傑出有王霸之畧吾敬劉元德所敬如此何驕之有餘子瑣瑣安足錄哉因仰天太息此亦原父之雅趣也吾後在黃州作詩云平生我亦輕餘子晚歲人誰念此翁蓋記原父語也後漢馬援傳在交趾常餌薏苡軍還載之一車及卒後有人上書譖之以爲前所載還皆明珠文犀國語晉范文子曰有秦客廋詞於朝注廋者隱也左傳宣十二年楚伐蕭還無社號申叔展叔展曰有麥麴乎曰無有山鞠窮乎曰無河魚腹疾奈何杜預注麥麴鞠窮所以禦濕欲使無社逃泥水中軍中不敢正言故謬語鞠窮即芎藭鞠音起弓切晉陶潛有責子詩後漢馮衍傳娶北地任氏女悍忌不得畜媵妾衍字敬通

君家玉臂貫銅青。下客何時見目成。勤把鉛黃記宮樣。莫教絃管作蠻聲。熏衣漸歎衙香少。擁髻遥憐夜語清。記取北歸攜過我。南江風浪雪山傾。公自注君自南江赴任不一過我

楚辭九歌滿堂兮美人忽獨與余兮目成韋應物宮人入道詩高髻雲鬟宮樣粧世說郝隆作詩云娵隅躍清池桓溫問娵隅何物答曰蠻名魚也溫曰何以作蠻

語隆曰千里投公始得蠻府叅軍那不作蠻語品香譜載唐化度寺及雍文徹郎中二衙香法擁髻用伶玄樊通德事已見

記夢回文二首 幷引

十二月二十五日大雪始晴夢人以雪水烹小團茶使美人歌以飲余夢中爲作回文詩覺而記其一句云亂點餘花唾碧衫意用飛燕故事也乃續之爲二絕句云

酡顏玉盌捧纖纖。亂點餘花唾碧衫。歌咽水雲凝靜院。夢驚松雪落空巖。

趙飛燕外傳后與倢伃坐誤唾倢伃袖倢伃曰姊唾之染紺袖正如石上花假令尚方爲之未必如此衣之華也以爲石花廣袖 列子湯問篇薛譚學謳於秦青響遏行雲 顏延年詩山明望松雪

空花落盡酒傾缸。日上山融雪漲江。紅焙淺甌新火活。龍團小碾鬭晴牕。

三朵花并引

房州通判許安世以書遺余言吾州有異人、常戴三朵花、莫知其姓名、郡人因以三朵花名之、能作詩、皆神仙意、又能自寫眞、人有得之者、許欲以一本見惠、乃爲作此詩、

學道無成鬢已華。不勞千劫漫烝砂。歸來且看一宿覺。未暇遠尋三朵花。兩手欲遮瓶裏雀。四條深怕井中蛇。畫圖要識先生面。試問房陵好事家。

楞嚴經若不斷婬修禪定者如烝砂石欲其成飯經百千劫秖名熱砂傳燈錄溫州永嘉禪師初謁六祖問答相契便欲辭去祖留一宿謂之一宿覺七女經國王機惟尼有七女第二女字須耽摩游冢間言雀在缾中復蓋其口不能出飛今缾已云破雀飛而去又七賢女偈曰雀來入瓶中羅縠掩瓶口縠穿雀飛去識神隨業走傳大士善慧錄亦云賓頭盧爲優陀延王說法經云昔有人行曠野爲象所逐見一丘井卽入井中藏井有四毒蛇欲螫其身大王當知此人苦惱不可勝數九域志房州房陵郡

次韻陳四雪中賞梅 陳四郎季常

臘酒詩催熟。寒梅雪鬭新。杜陵休歎老。韋曲已先春。獨秀驚凡目。遺英臥逸民。高歌對三白。遲暮慰安仁。

杜子美酬裴廸登梅詩江邊一樹垂垂發朝夕催人自白頭又詩韋曲花無賴家家惱殺人楚辭招魂激楚之結獨秀先些逸民用袁安僵臥事已見吳中風俗占臘月見三白田翁笑嚇嚇

正月二十日與潘郭二生出郊尋春忽記去年

是日同至女王城作詩乃和前韻

東風未肯入東門。走馬還尋去歲村。人似秋鴻來有信。事如春夢了無痕。江城白酒三杯釅。野老蒼顏一笑溫。已約年年爲此會。故人不用賦招魂。楚辭宋玉哀屈原作招魂章

是日偶至野人汪氏之居、有神降於其室、自稱天人李全、字德通、善篆字、用筆奇妙、而字不可識、云天篆也、與余言有所會者、復作一篇仍用前韻、

酒渴思茶漫扣門。那知竹裏是仙村。已聞龜策通神語。

更看龍蛇落筆痕。色瘁形枯應笑屈。道存目擊豈非溫。歸來獨掃空齋臥。猶恐微言入夢魂。

法書苑仲尼書吳季札墓志變化開合若龍蛇盤據史記屈原傳被髮行吟澤畔顔色憔悴形容枯槁莊子田子方溫伯雪子見仲尼而不言曰若夫人者目擊而道存矣

浚井

古井沒荒萊。不食誰爲惻。缾罌下兩綆。蛙蚓飛百尺。腥風被泥滓。空響聞點滴。上除青青芹。下洗鑿鑿石。霑濡愧童僕。杯酒暖寒栗。白水漸泓渟。青天落寒碧。云何失舊穢。底處來新潔。井在有無中。無來亦無失。

周易井渫不食爲我心惻津陽門詩注石甕巖下有泉寺僧於上層樓中轆轤斜引綆長二百尺詩國風揚之水白石鑿鑿漢義縱傳爲定襄太守郡中不寒而栗

周易井無喪無得往來井井

紅梅三首

怕愁貪睡獨開遲。自恐冰容不入時。故作小紅桃杏色。尚餘孤瘦雪霜姿。寒心未肯隨春態。酒暈無端上玉肌。詩老不知梅格在。更看綠葉與青枝。公自注石曼卿紅梅詩云認桃無綠葉辨杏有青枝

雪裏開花卻是遲。何如獨占上春時。也知造物含深意。故與施朱發妙姿。細雨裛殘千顆淚。輕寒瘦損一分肌。不應便雜夭桃杏。數一作半點微酸已著枝。齊己蚤梅詩前村深雪裏昨夜一枝開宋玉好色賦著粉太白施朱太赤

幽人自恨探春遲。不見檀心未吐時。丹鼎奪胎那是寶

公自注朱砂紅銀謂之不奪胎色玉人頩頰更多姿。抱叢暗蘂初含子。落盞穠香已透肌。乞與徐熙新畫樣。竹間璀璨出斜枝。

楚辭遠遊玉色頩以艶顏兮精神粹而始壯注頩怒色玉人怒則頰紅故以比紅梅也沈存中筆談國初江南布衣徐熙墨筆畫花殊草草略施丹粉神氣迥出别有生動之意

和子由寄題孔平仲草菴

逢人欲覓安心法。到處先爲問道菴。盧子不須從若士。葢公當自過曹參。羡君美玉經三火。笑我枯桑困八蠶。猶喜大江同一味。故應千里共清甘。

神仙傳若士者古之仙人燕盧敖至蒙谷之山見焉方踞龜殼而食蛤蜊謂敖曰吾方與汗漫期九垓之外不可久住乃竦身入雲中漢曹參傳爲齊丞相聞葢公善治黄老言避正堂舍焉三火用淮南子鍾山之玉灼以爐炭三日夜語已見左太冲吳都賦鄉貢八蠶之綿交州記一歲八蠶出日南晉安海物異名記八蠶綿

者八蠶共作一綿華嚴經譬如衆水皆同一味隨器異故水有差别

二蟲

君不見水馬兒。步步逆流水。大江東流日千里。此蟲趯趯長在此。君不見鶡濫堆。決起隨衝風。隨風一去宿何許。逆風還落蓬蒿中。二蟲愚知俱莫測。江邊一笑無人識。

杜子美詩鴈兒爭水馬毛詩喓喓草蟲趯趯阜螽注趯趯躍也方言阿如軋亦名鶡濫堆莊子逍遥游蜩與鸒鳩笑之曰我決起而飛搶榆枋又之二蟲又何知

陳季常見過三首

陳季常名慥父希亮字公弼其先自京兆遷於眉公弼知鳳翔公始筮仕爲簽書判官相從二年公至黄季常數從之游既爲公弼作傳又爲季常作方山子傳

仕宦常畏人。退居還喜客。君來輒館我。未覺雞黍窄。東坂有奇事。已種十畝麥。但得君眼青。不辭奴飯白。

晉阮籍傳能爲青白眼見禮俗之士以白眼對之嵇康造焉乃見青眼杜子美入奏行爲君酤酒滿眼酤與奴白飯馬青芻

送君四十里。只使一帆風。江邊千樹柳。落我酒杯中。此行非遠別。此樂固無窮。但願長如此。來往一生同。

聞君開龜軒。東檻俯喬木。人言君畏事。欲作龜頭縮。我知君不然。朝飯仰暘谷。餘光幸分我。不死安可獨。

盧仝月蝕詩北方寒龜被蛇縛藏頭入殼如入獄再見暘谷用内景經吞日華事注見本卷史記甘茂傳貧人女與富人女會績貧女曰我無以買燭而子之燭光幸有餘子可分我餘光無損子明而得一斯便焉韓退之文我得祕藥不可獨不死詳見十二卷

寒食雨二首

自我來黃州。已過三寒食。年年欲惜春。春去不容惜。今年又苦雨。兩月秋蕭瑟。臥聞海棠花。泥汙燕脂雪。暗中偷負去。夜半眞有力。何殊病少年。病起頭已白。

莊子大宗師藏舟於壑藏山於澤謂之固矣然而夜半有力者負之而走

春江欲入戶。雨勢來不已。小屋如漁舟。濛濛水雲裏。空庖煮寒菜。破竈燒溼葦。那知是寒食。但感烏銜紙。君門深九重。墳墓在萬里。也擬哭途窮。死灰吹不起。

白樂天寒食吟風吹曠野紙錢飛宋玉九辯君之門兮九重杜子美詩此身醒復醉不擬哭途窮漢韓安國傳死灰獨不復然乎

徐使君分新火

臨皋亭中一危坐。三見淸明改新火。溝中枯木應笑人。鑽斫不然誰似我。黄州使君憐久病。分我五更紅一朶。

從來破釜躍江魚。只有清詩嘲飯顆。起攜蠟炬遶空屋。欲事煎烹無一可。爲公分作無盡燈。照破十方昏暗鎖。

漢東方朔傳捐薦去几危坐而聽周禮司爟掌行火之政令四時變國火韋愼微咸鎬故事清明日尚食內園官小兒於殿前鑽新火先進者賜絹三匹椀一口尋以新火賜宰臣以下盧仝詩不堪鑽斫爲天下上溝中用莊子百年之木其斷在溝中語已見躍魚暗使范丹釜中生魚事注再見飯顆詳見十三卷答孔周翰詩注韓退之石鼎聯句巧匠琢山骨刳中事煎烹華嚴經譬如一燈燃百千燈其本一燈無滅無盡維摩經天女問維摩詰我等云何住魔宮摩詰云有法門名無盡燈譬如一燈燃百千燈冥者皆明明終無盡

次韻答元素 并引

元素姓楊氏名繪、九卷有分贈元素桂花詩

余舊有贈元素詞云、天涯同是傷流落、元素以爲今日之先兆、且悲當時六客之存亡、六客蓋張子野、劉孝叔陳令舉、李公擇、及元素與余也、不愁春盡絮隨風。但喜丹砂入頰紅。流落天涯先有識。摩挲金狄會當同。蘧蘧未必都非夢。了了方知不落空。莫把存亡悲六客。已將地獄等天宮。

劉禹錫楊柳枝詞春盡絮飛留不得隨風好去落誰家賈誼服賦讖言其度注云讖驗也有徵驗之書也漢晉春秋魏明帝徙長安銅人金狄或泣摩挲後漢薊子訓車蘧蘧用莊子語俱再見蔡禪師十玄談了了了時無可了玄玄玄處亦須訶般勤為唱玄中曲空裏蟾光撮得麼等量經阿鼻地獄與非非想天劫數苦樂等無有

二

蜜酒歌 并引

西蜀道人楊世昌、善作蜜酒、絕醇釅、余既得其方、作此歌以遺之、

眞珠為漿玉為醴。六月田夫汗流泚。不如春甕自生香。

蜂爲耕耘花作米。一日小沸魚吐沫。二日眩轉清光活。三日開罋香滿城。快瀉銀瓶不須撥。百錢一斗濃無聲。甘露微濁醍醐清。君不見南園採花蜂似雨。天教釀酒醉先生。先生年來窮到骨。問人乞米何曾得。世間萬事眞悠悠。蜜蜂大勝監河侯。

眞誥右英夫人答許長史書云玉醴金漿交梨火棗乃飛騰之藥唐顔魯公有與李太保乞米帖注已見莊子家貧貸粟於監河侯再見

又一首答二猶子與王郎見和

脯青苔。炙青蒲。爛蒸鵝鴨乃瓠壺。煑豆作乳脂爲酥。高燒油燭斟蜜酒。貧家百物初何有。古來百巧出窮人。搜羅假合亂天眞。詩書與我爲麴糵。醞釀老夫成搢紳。質非文是終難久。脫冠還作扶犂叟。不如蜜酒無燠寒。冬不加甛夏不酸。老夫作詩殊少味。愛此三篇如酒美。封胡羯末已可憐。不知更有王郎子。

盧氏雜說鄭餘慶召親朋食敕家人曰爛蒸去毛勿拗折項客謂必鵝鴨也良久每人前粟飯一甌蒸壺盧一枚公食美甚諸人強進而罷山海經倕始爲百巧古老有百無一有百巧百窮之語至今俗諺尚爾李白丹丘談玄詩假合作容貌揚子了其文是也其質非也洞仙傳郭璞曰吾昨夜夢在石頭外江中扶犂而耕後漢馬援傳過是欲少味矣晉列女傳謝道韞初適凝之還甚不樂叔父安曰王郎逸少子不惡汝何恨答曰一門叔父則有阿大中郎羣從兄弟復有封胡羯末不意天壤之中乃有王郎封謂謝韶胡謂謝朗羯謂謝玄末謂謝川皆小字也麗情集無雙傳劉振妻常戲呼王仙客爲王郎子

謝陳季常惠一揞巾 揞烏感切

夫子胷中萬斛寬。此巾何事小團團。半升僅漉淵明酒。二寸纔容子夏冠。好戴一作帶黃金雙得勝。休教一本作可憐白苧一生酸臂弓腰箭何時去直上陰山取可汗。

南史陶潛酒熟取頭上葛巾漉酒訖還復著之已見漢杜欽傳字子夏茂陵杜鄴與欽同姓字俱以才能稱京師而欽目偏盲故衣冠謂欽為盲杜子夏以相別欽惡以疾見詆廼為小冠高廣纔二寸由是京師更謂欽為小冠杜子夏雙得勝世人巾裏以黃金為大環雙繫其帶謂之得勝環疑用此事亦恐自有故實姑俟知者古樂府白紵歌制以為袍餘作巾袍以光軀巾拂塵唐李靖傳突厥寇太原靖率勁騎三千趨惡陽嶺頡利可汗大驚亡去為張寶相禽以獻於是斥地自陰山北至大漠矣

贈黃山人

面頰照人元自赤。眉毛覆眼見來烏。倦游不擬談玄牝。示病何妨出白鬚。絕學已生真定慧。說禪長笑老浮屠。東坡若冐三年住。親與先生看藥爐。

舊唐書毛若虛眉毛覆於眼老子玄牝之門是謂天地根楞嚴經攝心為戒因戒生定因定發慧是名三無漏學袁宏漢紀浮屠佛也西域天竺國有佛道焉佛者

漢言覺也將以覺悟羣生也

問大冶長老乞桃花茶栽東坡

周詩記苦荼。茗飲出近世。初緣厭粱肉。假此雪昏滯。嗟我五畝園。桑麥苦蒙翳。不令寸地閑。更乞茶子蓺。飢寒未知免。已作太飽計。庶將通有無。農末不相戾。春來凍地裂。紫筍森已銳。牛羊煩呵叱。筐筥未敢睨。江南老道人。齒髮日夜逝。他年雪堂品。空記桃花裔。

詩國風誰謂荼苦其甘如薺洛陽伽藍記齊王肅初好茗飲及歸魏高祖問茗飲何如酪漿肅曰茗不中與酪作奴高祖大笑因號茗飲爲酪奴李肇國史補湖州有顧渚紫筍茶茶苑總錄段成式謝因禪師茶云忽惠荊州紫筍茶一角寒茸擢筍本貴含膏嫩葉抽芽方珍搗草詩大雅敦彼行葦牛羊勿踐履國風于以盛之維筐及筥

魚蠻子

江淮水爲田。舟楫爲室居。魚蝦以爲糧。不耕自有餘。異哉魚蠻子。本非左衽徒。連排入江住。竹瓦三尺廬。於焉長子孫。戚施且侏儒。擘水取魴鯉。易如拾諸塗。破釜不著鹽。雪鱗芼青蔬。一飽便甘寢。何異獺與狙。人間行路難。踏地出賦租。不如魚蠻子。駕浪浮空虛。空虛未可知。會當算舟車。蠻子叩頭泣。勿語桑大夫。

漢五行志吳地以船爲家以魚爲食國語戚施不可使仰侏儒不可使援劉禹錫有獺吟下見盈尋魚投身擘洪漣禮記內則芼之以苹藻古樂府有行路難曲漢武帝紀元光六年初算商車李奇曰始稅商賈車船令出算食貨志船有算商者少物貴又異時算軺車賈人之緡皆有差又卜式曰縣官當食租衣稅而已今桑弘羊令吏坐列販物求利亨弘羊天乃雨弘羊嘗爲御史大夫

弔李臺卿 并引

李臺卿、字明仲、廬州人、貌陋甚、性介不羣而博學强記、罕見其比、好左氏有史學考正同異、多所發明、知天文律曆、千載之日可坐數也、軾謫居黃州、臺卿爲麻城主簿、始識之、旣罷居於廬而曹光州演甫以書報其亡、臺卿光州之妻黨也、

我初未識君。人以君爲笑。垂頭老鸖雀。煙雨霾七竅。弊衣來過我。危坐若持釣。褚裒半面新。鬷蔑一語妙。徐徐步其瀾。極望不可徼。卻觀元嫵媚。士固難輕料。看書眼如月。罅隙靡不照。我老多遺忘。得君如再少。從橫通雜

藝甚博且知要。所恨言無文。至老幽不耀。其生世莫識。已死誰復弔。作詩遺故人。庶解俗子譙。

唐裴寬呼爲碧鸛雀再見莊子應帝王儵與忽謂渾沌曰人有七竅以視聽食息子獨無有褚裒問孟嘉何在注見本卷左傳昭二十八年叔向適鄭鬷蔑惡欲觀叔向從使之收器者而往立於堂下一言而善叔向聞之曰必鬷明也下執其手以上遂如故知老子常有欲以觀其徼唐韻徼小道也世說支道林曰北人看書如顯處視月南人學問如牖中窺日漢司馬遷傳儒者博而寡要唐蕭德言傳太宗詔裒次經史百代帝王所以興衰者上之帝愛其書博而要左傳孔子曰言之不文行之不遠老子聖人直而不肆光而不耀

曹既見和復次其韻

造物本兒嬉。風噫雷電笑。誰令妄驚怪。失七號萬竅。人人走江湖。一一操網釣。偶然連六鼇。便爲此手妙。空令任公子。三歲蹲海徼。長貧固不詞。辭同一死實未料。難將

著草算除用佛眼照何人嗣家學恨子兒尚少嗟我與曹君衰老世不要空言今無救奇志後必耀吟君五字詩義重千金弔收藏愼勿出免使羣兒譙

舊唐書杜審言傳甚爲造物小兒相苦新書云造化小兒列子湯問篇龍伯之國有大人舉足不盈數步而暨五山之所一釣而連六鼇莊子外物任公子爲大鈎巨緇五十犗以爲餌蹲乎會稽投竿東海旦旦而釣期年不得魚晉載記卜崇曰所欠惟一死耳蜀志諸葛亮傳司馬仲達曰吾便料生不便料死也史記龜策傳能得百莖著草并得其下龜以卜者百言百當足以決吉凶金剛經如來有佛眼否傳大士頌云佛眼如千日照異體還同左傳莊二十二年非此其身在其子孫光遠而自他有耀者也

施註蘇詩卷之十九

施註蘇詩卷之二十

漫堂先生宋犖　閲定　長洲顧嗣立
樸園先生張榕端　閲定　毗陵邵長蘅　刪補
商丘宋至

詩四十九首（起在黃州盡元豐七年甲子量移汝州作）

次韻孔毅父集古人句見贈五首（孔毅父名平仲家世見第十卷父長源挽詞注）

羡君戲集他人詩。指呼市人如使兒。天邊鴻鵠不易得。便令作對隨家雞。退之驚笑子美泣。問君久假何時歸。世間好句世人共。明月自滿千家墀。

市人　用史記淮陰傳驅市人而戰之意

紫駞之峯人莫識。雜以雞豚眞可惜。今君坐致五侯鯖。盡是猩脣與熊白。路旁拾得半段槍。何必開鑪鑄矛戟。用之如何在我耳。入手當令君喪魄。

西京雜記　五侯不相能賓客不得來往婁護豐辯傳會五侯閒各得其歡心競致奇膳乃合以爲鯖世稱五侯鯖以爲奇味焉裴啟語林亦云五侯王氏婁護漢書作樓護　呂氏春秋　伊尹說湯曰肉之美者猩猩之脣髦象之約　張協七命　封熊之掌翰音之跖燕髀猩脣髦殘象白按熊白卽如謂象白也　唐哥舒翰傳　遇吐蕃苦拔海翰持半段槍迎擊所向披靡

天下幾人學杜甫。誰得其皮與其骨。劃如太華當我前。跛牂欲上驚崷崪。名章俊語紛交衡。無人巧會當時情。前生子美只君是。信手拈得俱天成。

書斷羊欣云胡昭草行得張芝骨索靖得其肉韋誕得其筋史記李斯傳太山之高百仞而跛牂牧其上李太白上裴長史書名章俊語絡繹間起傳燈錄洛普和尚頌云入荒田不揀信手拈來草觸目未嘗無臨機何不道

詩人雕刻閑草木。搜抉肝腎神應哭。不如默誦千萬首。左抽右取談笑足。夜吟石鼎聲悲秋。可憐好事劉與侯。何當一醉百不問。我欲眠矣君歸休。

揚子或問雕刻衆形者匪天歟韓退之贈崔立之詩勸君韜養待招徵不用雕琢愁肝腎古詩話賀知章見李白烏栖曲曰此詩可泣鬼神矣詩國風左旋右抽中軍作好韓退之石鼎聯句序道士軒轅彌明夜抵劉師服居宿指鑪中石鼎謂侯喜曰子能爲詩能與我賦此乎劉與侯皆已賦十餘韻彌明應之如響

膏明蘭臭俱自焚。象牙翠羽戕其身。多言自古爲數窮。微中有時堪解紛。癡人但數羊羔兒。不知何者是左慈。千章萬句卒非我。急走捉君應已遲。

漢兩龔傳薰以香自燒膏以明自銷周易同心之言其臭如蘭左傳襄二十四年象有齒以焚其身賄也異物志翠鳥形似燕翡赤而翠青人取其羽以爲飾吳筠玄猨賦小則翡翠殞於毛羽大則犀象殘於齒革老子多言數窮不如守中史記滑稽傳談言微中亦可以解紛後漢左慈傳曹操欲殺之走入羊羣操知不可得乃令就羊中告之曰不復相殺本試君術耳忽一老羝人立而言曰遽如許卽競往赴之而羣羊數百皆變爲羝竝屈前膝人立云遽如許遂莫知所取焉

六年正月二十日復出東門仍用前韻

亂山環合水侵門。身在淮南盡處村。五畝漸成終老計。九重新掃舊巢痕。豈惟見慣沙鷗熟。已覺來多釣石溫。長與東風約今日。暗香先返玉梅魂。

舊巢痕按陸游作施氏注東坡詩序解舊巢字甚詳云昔祖宗以三館養士儲將相才及官制行罷三館而東坡蓋嘗直史館然自謫爲散官削去史館之職久矣至于史館亦廢故云新掃舊巢痕其用事之嚴如此愚意詩句必作如是解毋乃太固後人穿鑿之病所以不免也

食甘

一雙羅帕未分珍。林下先嘗愧逐臣。露葉霜枝翦寒碧。金槃玉指破芳辛。清泉蔌蔌先流齒。香霧霏霏欲噀人。坐客殷勤爲收子。千奴一掬奈吾貧。

唐蕭嵩傳嵩荆州進黄甘帝以紫帉包賜之又柳氏舊聞云以素羅包其二賜嵩薛逢謝西川相公賜甘子詩滿合新甘破鼻香相公恩重賜先嘗千奴用李衡千頭木奴事詳見上卷東坡詩注

大寒步至東坡贈巢三

巢三名谷字元修眉山人嘗舉進士京師東坡責黄州谷走江淮因與之遊及二蘇用於朝谷未嘗一見逮謫嶺海慨然自眉山徒步訪之至梅州遺文定書曰我萬里步行見公不自意全今至梅矣文定驚喜曰此非今世人古之人也既見相泣時谷年七十三將復見文忠於海南文定止之不可至新會蠻隸竊其槖裝獲於新州谷從之病死於新

春雨如暗塵。春風吹倒人。東坡數間屋。巢子誰與鄰。空牀斂敗絮。破竈鬱生薪。相對不言寒。哀哉知我貧。我有一瓢（一作尊）酒。獨飲良不仁。未能赬我頰。聊復濡子脣。故人千鍾祿。馭吏醉吐茵。那知我與子。坐作寒螿呻。努力莫怨天。我爾皆天民。行看花柳動。共享無邊春。

南史陶潛傳敗絮自擁何慚兒子杜荀鶴詩旋斫生柴帶葉燒吐茵用漢丙吉事注再見

元脩菜 并引

菜之美者有吾鄉之巢故人巢元脩嗜之余亦嗜之元脩云使孔北海見當復云吾家菜耶因謂之元脩菜余去鄉十有五年思而不可得元脩適自蜀來見余於黃乃作是詩使歸致其子而種之東

坡之下云[世說]楊脩九歲甚聰慧孔君平詣其父父不在兒爲設果孔指楊梅以戲兒曰此是君家果應聲答曰未聞孔雀是君家禽

彼美君家菜。鋪田綠茸茸。豆莢圓且小。槐牙細而豐。種之秋雨餘。擢秀繁霜中。欲花而未萼。一一如青蟲。是時青帬女。採擷何怱怱。烝之復湘之。香色蔚其饛。點酒下鹽豉。縷橙芼薑蔥。那知雞與豚。但恐放箸空。春盡苗葉老。耕翻煙雨叢。潤隨甘澤化。暖作青泥融。始終不我負。力與糞壤同。我老忘家舍。楚音變兒童。此物獨嫵媚。終年繫余胷。君歸致其子。囊盛勿函封。張騫移苜蓿。適用如葵菘。馬援載薏苡。羅生等蒿蓬。懸知東坡下。塉鹵化千鍾長使齊安民。指此說兩翁。

詩小雅有饛簋飧有捄棘匕晉陸機傳千里蓴羹未下鹽豉再見韓退之詩芼以椒與橙杜子美姜少府設膾歌放箸未覺金盤空王右軍來禽青李帖子皆囊盛爲佳函封多不生再見漢張騫傳大宛國馬耆苜蓿騫始爲武帝言之其後漢使來歸種之離宮館旁極望焉薏苡注已見

二月三日點燈會客

江上東風浪接天。苦寒無賴破春妍。試開雲夢羔兒酒。快瀉錢塘藥玉船。蠶市光陰非故國。馬行燈火記當年。冷煙濕雪梅花在。留得新春作上元。

王注羔兒酒即今之羊羔酒藥玉船蓋以藥煮石而似玉者可作酒杯先生又有獨酌試藥玉船詩成都有蠶市注見首卷馬行在汴京舊城之東北隅蓋衢馬之區百貨所會也

上巳日與二三子攜酒出游隨所見輒作數句

明日集之爲詩故詞無倫次先生志林記此日出游云黃州定慧院東小山上有海棠一株特繁茂每歲盛開時必爲置酒已五醉其下矣今年復與參寥及二三子訪焉則園已易主主雖市井人然以余故稍加培治山上多老枳木花白而圓香色皆不凡以余故亦得不伐既飲復憩於尚氏之第尚所居竹林花木皆可喜醉臥閣上稍醒聞坐客崔成者彈雷琴作悲風曉角錚錚然意謂非人間也晚乃步出城東入何氏韓氏竹園遂置酒竹陰下與盡乃徑歸元豐七年三月初二日也

薄雲霏霏不成雨。杖藜曉入千花塢。柯丘海棠吾有詩
獨笑深林誰敢侮。三杯卯酒人徑醉。一枕春睡日亭午。
竹間老人不讀書。留我閉門誰教汝。出簷聚枳十圍大。
寫眞素壁千蛟舞。東坡作塘今幾尺。攜酒一勞農工苦。
卻尋流水出東門。壞垣古塹花無主。臥開桃李爲誰妍。

對立鵁鶄相媚嫵。開樽藉草勸行路。不惜春衫汙泥土。褰裳共過春草亭。扣門卻入韓家圃。轆轤繩斷井深碧。鞦韆索挂人何所。映簾空復小桃枝。乞漿不見應門女。南山古臺臨斷岸。雪陣翻空迷仰俯。故人餽我玉葉羹。火冷煙消誰爲煮。崎嶇東緼下荒徑。婭姹隔花聞好語。更隨落景盡餘樽。卻傍孤城得僧宇。主人勸我洗足眠。倒牀不復聞鐘鼓。明朝門外泥一尺。始悟三更雨如許。平生所向無一遂。茲游何事天不阻。固知我友不終窮。豈弟君子神所予。

黃州東坡圖柯山四望直南高丘故亦名柯丘東南隅海棠一株甚茂又柯丘南尚氏家有叢枳甚大公嘗自爲圖之晉書王徽之傳吳中一士大夫家有好竹欲

觀之便出坐輿造竹下諷嘯良久主人灑掃請坐徽之不顧將出主人乃閉門徽之便以此賞之盡歡而去又互見前晉阮脩傳意有所思率爾褰裳不避晨夕小桃用本事詩所載崔護事已見傳奇裴航經藍橋驛因渴乞漿于茅舍老嫗嫗曰雲英擎一甌漿來郎君要飲俄於葦箔下出雙玉手捧瓷甌飲之互見十四卷次韻舒教授詩注漢蒯通傳東郭請火於亡肉家歐陽永叔莫登樓詩婭姹扶欄車兩頭髧髦垂鬟嬌未羞詩大雅豈弟君子神所勞矣韓退之薦士詩微詩公勿誚豈弟神所勞

日日出東門

日日出東門。步尋東城游。城門抱關卒。笑我此何求。我亦無所求。駕言寫我憂。意適忽忘返。路窮乃歸休。懸知百歲後。父老說故侯。古來賢達人。此路誰不由。百年寓華屋。千載歸山丘。何事羊公子。不肎過西州。

詩國風駕言出游以寫我憂史記蕭何世家召平者故秦東陵侯晉羊曇謝安甥也安薨後行不由西州路詳見七卷遊東西巖詩注

南堂五首【齊安拾遺】夏澳口之側本水驛有亭曰臨皋郡人以驛之高陂上築南堂爲先生游息

江上西山半隱堤此邦臺館一時西南堂獨有西南向。
臥看千帆落淺谿。

暮年眼力嗟猶在多病顛毛卻未華。故作明牕書小字。
更開幽室養丹砂。

他時夜雨困移牀。坐厭愁聲點客腸。一聽南堂新瓦響。
似聞東塢小荷香。

山家爲割千房蜜。稚子新畦五畝蔬。更有南堂堪著客。
不憂門外故人車。

杜子美【秋野詩】風落收松子天寒割蜜房孟東野【新居詩】獨治五畝蔬

掃地燒香閉閣眠簟紋如一作似水帳如煙客來夢覺知何處挂起西牕浪接天李商隱詩水紋簟[illegible]鋪牙牀李太白詩碧紗如煙隔牕語尉遲偓中朝故事路巖籍沒有蛟𧑐一項輕密如煙人疑其蛟綃也

次韻子由種杉竹

吏散庭空雀噪簷閉門獨宿夜厭厭似聞梨棗同時種應與杉篁刻日添糟麴有神熏不醉雪霜誇健巧相沾先生坐待清陰滿空使人人歎滯淹詩小雅厭厭夜飲注安也

孔毅父妻挽辭

結褵記初歡同穴期晚歲擇夫得溫嶠生子勝王濟高

風相賓友。古義仍兄弟。從君吏隱中。窮達初不計。云何抱沈疾。俯仰便一世。幽陰凄房櫳。芳澤在巾袂。百年縱得滿。此路行亦逝。那將有限身。長瀉無益涕。君文照今古。不比山石脆。當觀千字誄。寧用百金瘞。

毛詩東山四章樂男女之得及時也云親結其縭九十其儀毛傳曰縭婦人之褘褘香纓也又大車刺周大夫禮義陵遲男女淫奔云穀則異室死則同穴世說溫嶠從姑有一女屬嶠覓壻嶠報姑已得之門地壻身盡不減嶠因下玉鏡臺一枚既交禮女以手披紗扇撫掌大笑曰我固疑是老奴晉列女傳王渾妻鍾琰生子濟詳見八卷賀陳述古弟章生子詩注左傳僖公三十二年臼季使過冀見冀缺耨其妻饁之敬相待如賓後漢龐公傳夫妻相與敬如賓客古樂府焦仲卿妻詩結髮同枕席黃泉共爲友毛詩女曰雞鳴陳古義以刺今不說德而好色也又宴爾新昏如兄如弟漢班倢伃賦房櫳虛兮風泠泠楚詞大招粉白黛黑施芳澤鄭玄周禮注誄謂積累生時德行漢朱建傳母死辟陽侯奉百金裞注裞贈終者之衣被

次韻孔毅父久旱已而甚雨三首

先生爲楊道士書一帖云僕謫居黃

岡綿竹武都山道士楊世昌子京自廬山來過余□□□乃去其人善畫山水能鼓琴曉星歷骨色及作軌革卦影通知黄白藥術可謂藝矣明日當舍余去爲之悵然浮圖不三宿木下眞有以也元豐六年五月八日東坡居士書又一帖云十月十五日夜與楊道士泛舟赤壁飲醉夜半有一鶴自江南來翅如車輪嘎然長鳴掠余舟而西不知其爲何祥也聊復記云按次毅父韻第三首載西州楊道士凡數聯因此帖知爲世昌詩中又言善吹洞簫其自廬山從公蓋壬戌之夏前赤壁賦云客有吹洞簫者殆是楊也先生先嘗爲賦蜜酒歌後赤壁賦云適有孤鶴横江東來觀此帖蓋非寓言夢一道士者豈卽世昌姑托以夢耶先生道大才高不容於時憂患半生如陳季常巢元脩張中吴子野輩獨相從流離困尼之中其姓名遂不沒於千載今世昌藉此復有傳於後世夫豈偶然二帖書在蜀牋筆畫甚精宿嘗以入石云

饑人忽夢飯甑溢。夢中一飽百憂失。只知夢飽本來空。未悟眞饑定何物。我生無田食破硯。爾來硯枯磨不出。去年太歲空在酉。傍舍壺漿不容乞。今年旱勢復如此。

歲晚何以黔吾突青天蕩蕩呼不聞況欲稽首號泥佛
甕中蜥蜴尤可笑跂跂脈脈何等秩陰陽有時雨有數
民是天民天自卹我雖窮苦不如人要亦自是民之一
形容雖是喪家狗未肎弭耳爭投骨倒冠落幘謝朋友
獨與蚊雷共圭蓽故人嗔我不開門君視我門誰肎屈
可憐明月如潑水夜半清光飜我室風從南來非雨候
且爲疲人洗蒸鬱褰裳一和快哉謠未暇饑寒念明日

白樂天詩渴人多夢飲饑人多夢食唐杜牧傳夢書皎皎白駒字俄而飯甑裂牧曰不祥也乃自爲墓志馬總意林袁雅正書太歲在酉乞漿得酒太歲在巳販妻鬻子則知災祥有自然之理史通略及朝野僉載竝云後漢和熹鄧皇后紀嘗夢捫天蕩蕩正青張奐傳凡人之情究則呼天窮則扣心今呼天不聞扣心無益誠自傷痛蜥蜴詳見十二卷噉虎詩注史記孔子世家鄭人謂孔子纍纍若喪家之狗再見戰國策應侯謂秦王曰王見大王之狗臥者臥起者起行者行止者止毋

相與鬬者投之一骨輕起相牙何則有爭意也漢中山靖王傳衆呴漂山聚蚊成雷左傳襄十年王叔之宰曰蓽門圭竇之人杜預注蓽門柴門圭竇小戶穿壁爲戶上銳下方狀如圭也快哉用宋玉風賦語注已見

去年東坡拾瓦礫自種黃桑三百尺今年刈草蓋雪堂日炙風吹面如墨平生懶惰今始悔老大勤農天所直沛然例賜三尺雨造化無心怳難測四方上下同一雲甘霔不爲龍所隔公自注俗有分龍日蓬蒿下濕迎曉來燈火新涼催夜織老夫作罷得甘寢臥聽牆東人響屐奔流未已坑谷平折葦枯荷恣漂溺腐儒麤糲支百年力耕不受衆目憐破陂漏水不耐旱人力未至求天全會當作塘徑千步橫斷西北遮山泉四鄰相率助舉杵人人知我

囊無錢。明年共看決渠雨。饑飽在我寧關天。誰能伴我田間飲。醉倒惟有支頭瓠。詩小雅上天同雲杜子美詩四海八荒同一雲又詩百年麤糲腐儒餐班孟堅西都賦決渠降雨荷鍤成雲漢李廣傳嘗夜從一騎出從人田間飲韓退之詩暫拳一手支頭臥

天公號令不再出。十日愁霖併爲一。君家有田水冒田。我家無田憂入室。不如西州楊道士。萬里隨身惟兩膝。沿流不惡泝亦佳。一葉扁舟任飄突。山芎麥麴都不用。泥行露宿終無疾。夜來饑腸如轉雷。旅愁非酒不可開。楊生自言識音律。洞簫入手清且哀。不須更待秋井塌。見人白骨方銜杯

揚子法言鼓舞萬物者其雷風乎鼓舞萬民者其號令乎雷不一風不再後漢蔡邕傳風者天之號令也山芎麥麴用左傳申叔展語詳見上卷和王鞏詩注後漢趙壹傳柴車草屏露宿其傍庾信愁賦細酌榴花一兩杯蕩彼愁門終不開杜子美醉歌忽憶雨時秋井塌古人白骨生青苔如何不飲令心哀

初秋寄子由

百川日夜逝物我相隨去惟有宿昔心依然守故處憶在懷遠驛閉門秋暑中藜羹對書史揮汗與子同西風忽凄厲落葉穿戶牖子起尋裌衣感歎執我手朱顏不可恃此語君莫疑別離恐不免功名定難期當時已悽斷況此兩衰老失塗既難追學道恨不蚤買田秋已議築室春當成雪堂風雨夜已作對牀聲

懷遠驛在汴京麗景門按東坡嘉祐六年與子由同奉制策寓懷遠驛笠澤叢書陸龜蒙復友生論文書云讀古聖人書每涵泳義味獨坐日昃案上一杯藜羹如

五鼎太牢饋於左右

和黃魯直食筍

飽食有殘肉。饑食無餘菜。紛然生喜怒。似被狙公賣。爾來誰獨覺。凜凜白下宰。公自注太和古白下也時魯直知吉州太和縣一飯在家僧。至樂甘不壞。多生味蠹簡。食筍乃餘債。蕭然映樽俎。未肎雜松芥。君看霜雪姿。童稚已耿介。胡爲遭暴橫。三嗅不忍嘬。朝來忽解籜。勢迫風雷噫。尚可餉三閭。飯筒纏五采。

莊子齊物論狙公賦芧曰朝三而暮四衆狙皆怒曰然則朝四而暮三衆狙皆悅名實未虧而喜怒爲用亦因是也再見穆天子傳暴蠹書于羽陵注云暴書中蠹蟲韓退之雜詩豈殊蠹書魚生死文字間續齊諧記屈原以五月五日投汨羅而死楚人哀之是日以竹筒貯米祭之建武元年長沙人見人自稱三閭大夫曰常

苦蛟龍所竊願以五色絲纏之則蛟龍所畏也

聞子由爲郡僚所捃恐當去官

少學不爲身宿志固有在雖然敢自必用舍置度外天初若相我發迹造弘大豈敢負所付捐軀欲投會寧知事大繆舉步得狼狽我已無可言隳甑難追悔子雖僅自免雞肋安足賴低回畏罪罟黽勉敢言退若人疑或使爲子得微罪時哉歸去來共抱東坡耒

柳子厚冉谿詩少時陳力希公侯許國不復爲身謀後漢隗囂傳帝曰且當置此兩子於度外詩大雅而式弘大莊子廣而造大也孔叢子吾於狼狽見聖人之志酉陽雜俎狽亦狼之類前足絕短每行必駕兩狼失狼則不能行故世言事乖者謂之狼狽後漢張步傳負負無可言者隳甑後漢孟敏事注已見後漢楊修傳曹操欲討劉備而不得進欲守之又難爲功於是出教曰雞肋外曹莫能曉修曰雞肋食之則無所得棄之則如可惜公歸計決矣乃令外曰稍嚴操於是回師晉劉

伶嘗因醉忤客客奮前欲毆之伶徐曰雞肋不足以安尊拳其人笑而止詩小雅豈不懷歸畏此罪罟又黽勉從事不敢告勞

次韻王鞏南遷初歸二首

問君謫南賓。野葛食幾尺。逢人瘴髮黃。入市胡眼碧。三年不易過。坐覺倚天壁。歸來貌如故。妙語仍破鏑。那能廢詩酒。亦未妨禪寂。願爲尚書郎。還賜上方舄。博物志魏太祖習啖野葛至一尺北夢瑣言嶺南黃茅瘴患者髮落白樂天詩大江寒見底巨山青倚天

江家舊池臺。修竹圍一尺。歸來萬事非。惟見秦淮碧。平生痛飲處。遺墨鴉栖壁。西來故父客。金印雜鳴鏑。三槐老更茂。花絮春寂寂。中微未可料。家廟藏赤舄。劉禹錫江總宅詩池臺竹樹五畝餘至今人道江家宅又詩青松鬱成塢修竹盈尺圍山謙之丹陽記始皇鑿金陵斷方山爲瀆令淮水貫城中入大江謂之秦淮

江總歸金陵詩歸來惟見秦淮碧漢吳王濞傳周亞夫問故父絳侯客史記張耳傳外黃女亡其夫去抵父客漢百官表相國丞相金印紫綬晉周顗傳殺諸賊奴取金印如斗大繫肘鳴鏑字出漢匈奴傳注已見曹子建樂府攬弓捷鳴鏑周禮三槐三公位焉按東坡三槐堂記云故兵部侍郎晉國王公嘗手植三槐於庭曰吾子孫必有爲三公者已而其子魏國文正公相眞宗其子懿敏公事仁宗輩文正孫也唐禮樂志諸臣之享其親廟室服器之數視其品詩大雅王錫韓侯玄衮赤舄

孔毅父以詩戒飲酒問買田且乞墨竹次其韻

酒中眞復有何好。孟生雖賢未聞道。醉時萬慮一掃空。醒後紛紛如宿草。十年揩洗見眞妄。石女無兒焦穀槁。此身何異貯酒瓶。滿輒予人空自倒。武昌痛飲豈吾意。性不違人遭客惱。君家長松十畝陰。借我一庵聊洗心。我田方寸耕不盡。何用百頃糜千金。枕書熟睡呼不起。好學憐君工雜擬。且將墨竹換新詩。潤色何須待東里。

孟生孟嘉也注屢見韓退之詩數杯澆腸雖暫醉皎皎萬慮醒還新維摩經文殊師利問維摩詰言菩薩云何觀於衆生維摩詰言如焦穀牙如石女兒嵇康幽憤詩性不傷物頻致怨憎列子方寸之地虛矣監戒錄王梵夫詩云但存方寸地留與子孫耕

任師中挽辭

任師中名伋已見前注師中爲新息令民愛之買田而居後通判黃州知瀘州没於遂州其在齊安常游於定惠院既去郡人名其亭曰任公東坡遷齊安人知其與師中善也復爲師中菴曰師中必來訪予將館於是潁濱爲作記

大任剛烈世無有疾惡如風朱伯厚小任溫毅老更文聰明慈愛小馮君兩任才行不須說疇昔並友吾先人相看半作晨星没可憐太白與殘月大任先去冢未乾小任相繼呼不還强寄一樽生死別樽中有淚酒應酸貴賤賢愚同盡耳君家不盡緣賢子人間得喪了無憑只有天公終可倚

後漢朱震字伯厚詳見十七卷林子中以詩寄文與可注大小馮君見十二卷和孔密州詩注揚子法言日昃不飲酒酒必酸白樂天詩賢愚貴賤同歸盡北邙冢墓高嵯峨

子由作二頌頌石臺長老問公手寫蓮經字如黑蟻且誦萬遍脅不至席二十餘年予亦作二首

眼前擾擾黑蚍蜉口角霏霏白唾珠要識吾師無礙處試將燒卻看嗔無後漢趙壹傳欬唾自成珠莊子秋水篇子不見夫唾者乎噴則大者如珠小者如霧

眼睛心地兩虛圓脅不沾牀二十年誰信吾師非不睡睡蛇已死得安眠

傳燈錄第十祖初侍伏馱尊者未嘗睡眠謂其脅不至席號脅尊者遺教經煩惱毒蛇睡在汝心譬如黑蚖在汝室睡當以持戒之鉤早併除之睡蛇既出乃可安眠

鄧忠臣母周挽辭

鄧忠臣字昚思潭州湘陰人

微生眞草木無處謝天力慈顏如春風不見桃李實古今抱此恨有志俯仰失公子豈先知戰戰常惜日吾君日月照委曲到肝鬲哀哉人子心吾何愛一邑家庭拜前後粲然發笑色豈比黃壤下焚瘞千金璧若人道德人視此亦戲劇聊償曾閔意遽與仙佛寂孤纍臥江渚永望墳墓隔作詩相楚挽感動淚再滴

尚書洛誥王命周公後作冊逸誥孔氏傳云伯禽封命之書皆同在烝祭之日周公拜前魯公拜後公羊傳封魯公以爲周公也周公拜乎前魯公拜乎後漢王莽傳子父俱延拜而受之注謂周公拜前魯公拜後出尚書大傳揚雄反騷欽弔楚之湘纍注不以罪死曰纍按孤纍公自謂也譙周法訓曰挽歌者高帝召田横至

尸鄉自殺從者悲歌以寄其情後續之爲薤露蒿里以送喪至李延年分爲二等薤露送王公貴人蒿里送士大夫庶人使挽者歌之因呼爲挽歌謝希逸宋貴妃誄鏘楚挽於槐風注楚者酸楚也杜子美詩臨岐別數子握手淚再滴

徐君猷挽辭

君猷名大受終於黃州事見十九卷戲君猷不飲酒詩註

一舸南游遂不歸清江赤壁照人悲請看行路無從涕盡是當年不忍欺雪後獨來栽柳處竹閒行復採茶時山成散盡樽前客舊恨新愁只自知

荊州記蒲圻縣沿江一百里南岸名赤壁周瑜黃蓋乘大艦大破魏武於烏林赤壁東西一百六十里禮記孔子之衛遇舊館人之喪而入哭之遇一哀而出涕子貢曰無乃已重乎子曰予惡夫涕之無從也史記滑稽傳子產治鄭民不能欺子賤治單父民不忍欺西門豹治鄴民不敢欺李後主秋夕詩往愁新恨有誰知

和蔡景繁海州石室

蔡景繁名承禧事見二十二卷蔡景繁官舍小閣詩注東坡在黃有答景繁帖云朐山臨海石室信如所諭前某嘗攜家一游時有胡琴婢就室中作濩索涼州凜然有冰車鐵馬之聲婢去久矣因公復起一念

若果游此必有新篇當破戒奉和也又云海上奇觀恨不與公同游大篇或可追賦景繁往游既賦詩坡爲屬和前所述皆指石曼卿後車胡琴云云皆帖中語意又前年開閤云云卽所謂婢去久矣因公復起一念用此帖爲証而詩乃槩然因公復起一念實用陳鴻長恨傳楊妃語也

芙蓉仙人舊游處。公自注石曼卿也蒼藤翠壁初無路。戲將桃核裹黃泥。石間散擲如風雨。坐令空山作錦繡。倚天照海花無數。花間石室可容車。流蘇寶蓋窺靈宇。何年霹靂起神物。玉棺飛出王喬墓。當時醉臥動千日。至今石縫餘糟醑。山人一去五十年。花老室空誰作主。手植數松今偃蓋。蒼髯白甲低瓊戶。我來取酒酹先生。後車仍載胡琴女。一聲冰鐵散巖谷。海爲瀾翻松爲舞。爾來心賞復何人。持節中郎醉無伍。獨臨斷岸呼出日。紅波碧巘相吞吐。徑尋我語覔餘聲。拄杖彭鏗叩銅鼓。長篇小字遠相寄。一唱三歎神悽楚。江風、海雨、入牙頰。似聽石室胡琴語。我今老病不出門。海山巖洞知何許。門外桃花自開落。牀頭酒甕生塵土。前年開閤放柳枝。今年洗心參佛祖。夢中舊事時一笑。坐覺俯仰成今古。願君不用刻此詩。東海桑田眞旦暮。

歐陽公詩話石曼卿卒後故人有見之者云恍惚如夢中言我今爲仙也所主芙蓉城又石曼卿通判海州以山嶺高峻人路不通了無花卉點綴映照使人以泥裹桃核爲彈拋擲於山嶺之上一二歲閒花發滿山爛如錦繡張平子東京賦樹翠宇之高蓋飛流蘇之騷殺庾信賦翡翠珠被流蘇羽帳後漢王喬傳爲葉令天下玉棺於堂前吏人推排終不搖動喬曰天帝獨召我耶乃沐浴寢其中蓋便立覆宿昔葬於城東土自成墳博物志昔人有玄石者從中山酒家飲與之千日酒

施註蘇詩卷二十　十六

而忘語其節歸數日尚醉家人以爲死遂葬之酒家計其日往告之發冢乃醒玉策記千歲松樹四邊披起上杪不長望而視之有如偃蓋楚詞惜誓章載玉女於後車白樂天五弦彈歌鐵擊珊瑚一兩曲冰瀉玉盤千萬聲後漢蔡邕爲左中郎將蔡景繁時漕淮南故云持節中郎馬援傳得駱越銅鼓韓退之詩杖撞玉板聲彭觥開閤用王敦事詳見十七卷李公擇過高郵詩注白樂天不能忘情吟序樂天既老又病風乃錄家事會經費去長物妓有樊素者年二十餘綽綽有歌舞態善唱楊枝人多以曲名名之由是名聞洛下將放之馬有駱者駔壯駿穩乘之亦有年將鬻之圉人牽馬出門馬驤首反顧一鳴似知去而旋戀者素慘然立且拜婉孌有辭辭畢泣下予愍然不能對且命迴勒反袂飲素酒自飲一杯快吟數十聲因自哂題其篇曰不能忘情吟駱馬注已見神仙傳麻姑謂王方平曰自接侍以來見東海三爲桑田向到蓬萊水乃淺於往昔會時略半也豈將復爲陵陸乎方平笑曰聖人言海中行復揚塵也再見

和秦太虛梅花

西湖處士骨應槁。只有此詩君壓倒。東坡先生心已灰。爲愛君詩被花惱。多情立馬待黃昏。殘雪消遲月出蚤。江頭千樹春欲闇。竹外一枝斜更好。孤山山下醉眠處。

點綴裙腰紛不掃。萬里春隨逐客來。十年花送佳人老。去年花開我已病。今年對花還草草。不知風雨卷春歸。收拾餘香還畀昊。

歐陽公歸田錄處士林逋居於杭州西湖之孤山善爲詩如梅花詩疎影橫斜水清淺暗香浮動月黃昏評詩者謂前世詠梅花者多矣未有此句也自逋之卒湖山寂寥未有繼者　摭言寶曆中楊嗣復宴諸生於新昌里第元白亦預皆賦詩于席惟楊汝士後成而最佳元白歎伏汝士醉歸語子弟曰我今日壓倒元白　杜子美絕句江上被花惱不徹無處告訴只顛狂　白樂天杭州春望詩誰開湖寺西南路草綠裙腰一道斜注云孤山在湖洲中草綠時望如裙腰　詩小雅勞人草草　又投畀有昊

再和潛師

化工未議蘇羣槁。先向寒梅一傾倒。江南無雪春瘴生。爲散冰花除熱惱。風清月落無人見。洗粧自趁霜鐘蚤。

惟有飛來雙白鷺。玉羽瓊枝鬭清好。吳山道人心似水。
眼淨塵空無可掃。故將妙語寄多情。橫機欲試東坡老。
東坡習氣除未盡。時復長篇書小草。且撼長條飡落英。
忍饑未擬窮呼昊。

山海經豐山上有九耳鐘霜降則鳴柳子厚龍城錄隋開皇中趙師雄遷羅浮一日憩於林間見一女淡粧出迎相與叩酒家門而飲頃之醉寢師雄亦懵然久之東方已白起視乃在大梅樹下上有翠羽啾嘈須臾月落參橫但惆悵而已蜀注二云宋武帝宮人早朝聞景陽樓鐘聲即起粧洗出南史及南齊書李賀詩今朝晝眢早不待景陽鐘漢書鄭崇傳臣門如市臣心如水列子是殆見吾衡氣機也衡通橫華嚴經除一切煩惱習氣爾雅夏爲昊天

橄欖

紛紛青子落紅鹽。正味森森苦且嚴。待得微甘回齒頰。
已輸崖蜜十分甜。

本草崖蜜又名石蜜別有土蜜木蜜歸叟詩話范景仁云橄欖木高大難採以鹽擦木身則實自落顧禧注云記得小說南人誇橄欖於河東人云此有回味東人云不若我棗比至你回味我已甛久矣棗一作柿按惠洪冷齋夜話云崖蜜事見鬼谷子謂櫻桃也今之鬼谷子實無此說然略記陸士衡有賦云朱藍崖蜜士衡此語當有所自

海棠

東風渺渺一作嫋嫋泛崇光。香霧空濛一作霏霏月轉廊。只恐夜深花睡去。故一作更燒高燭照紅糚。

宋玉招魂光風轉蕙泛崇蘭花睡暗使楊妃卯醉未醒事注已見

東坡

雨洗東坡月色清。市人行盡野人行。莫嫌犖确坡頭路。自愛鏗然曳杖聲。

生日王郎以詩見慶次其韻并寄茶二十一片

折揚新曲萬人趍。獨和先生于蔿于。但信櫝藏終自售。豈知盌脫本無橅。揭從冰叟來游宦。肎伴臞仙亦號儒。棠棣並爲天下士。芙蓉曾到海邊郛。不嫌霧谷霾松柏。終恐虹梁荷棟桴。高論無窮如鋸屑。小詩有味似連珠。感君生日遥稱壽。祝我餘年老不枯。未辦報君青玉案。建谿新餅截雲腴。

莊子天地篇大聲不入於里耳折揚皇荂則嗑然而笑唐元德秀傳玄宗酺五鳳樓下命三百里縣令刺史皆以聲樂集河内太守輦優伎數百褱繡光麗德秀時爲魯山令惟樂工數十人聯袂歌于蔿于于蔿于者德秀所爲歌也帝聞異之歎曰賢人之言哉河内人其塗炭乎乃黜太守德秀益知名朝野僉載武后時宫中謠曰杷推侍御史盌脫校書郎晉王沈傳仕郡文學鬱鬱不得志乃作釋時論曰東野丈人觀時以居隱耕汙腴之墟有冰氏子者出自沍寒之谷過而問塗漢司

馬相如傳列仙之儒居山澤閒形容甚臞毛詩棠棣燕兄弟也棠棣之華蕚不韡韡凡今之人莫如兄弟史記魯仲連傳先生天下士也芙蓉胡微之芙蓉城傳爲王迥子高作子高遇仙人周瑤英事見十四卷王郎字子立子高其兄也班固西都賦因瓌材而究奇抗應龍之虹梁列棼橑以布翼荷棟桴而高驤晉胡母輔之傳字彥國王澄嘗與人書曰彥國吐嘉言如鋸木屑霏霏不絕文選演連珠注傅玄敘連珠曰連珠者興於漢章之世班固賈逵傅毅三子受詔作之其大體必假喻以達其旨使覽者微悟合於古詩諷興之義欲歷歷如貫珠易見而可悅故謂之連珠張衡四愁詩美人贈我錦繡段何以報之青玉案

別黃州

病瘡老馬不任鞿猶向君王得敝幃一作帷桑下豈無三宿戀樽前聊與一身歸長腰尚載撐腸米闊領先裁蓋癭衣投老江湖終不失來時莫遣故人非

漢刑法志以鞿而御駻突注馬絡頭曰鞿杜子美瘦馬行日暮不收烏啄瘡禮記敝帷不棄爲埋馬也四十二章經浮屠桑下一宿日中一食愼勿再矣後漢襄楷傳浮屠不三宿桑下不欲久生恩愛精之至也郡邑志楚人長腰粳米縮項鯿魚言美味也韻語陽秋汝人多苦癭故歐陽公汝癭詩云傴婦啞甕盎嬌嬰食卵㲉

無由辨肩頸有類龜縮殼梅聖俞詩云女慚高掩襟男大闊裁領公作此詩時方移汝也

過江夜行武昌山上聞黃州鼓角

清風弄水月銜山。幽人夜渡吳王峴。黃州鼓角亦多情。送我南來不辭遠。江南又聞出塞曲、半雜江聲作悲健。誰言萬方聲一槩。鼉憤龍愁爲余變。我記江邊枯柳樹。未死相逢眞識面。他年一葉泝江來。還吹此曲相迎餞。

吳王峴在武昌西川九曲亭下志林云孫仲謀泛江自樊口鑿山通道歸武昌今猶謂之吳王峴吳兢樂府古題要解橫吹曲有鼓角舊說云蚩尤帥魑魅與黃帝戰帝始命吹角爲龍鳴以禦之其後魏武北征烏丸越涉沙漠軍士聞之悲思於是減爲中鳴尤更悲矣唐樂令諸道行軍應給鼓角者三萬人已上角十四具鼓二十四面二萬已上角八鼓十四萬人以上角六鼓十不滿萬人臨時量給互見十三卷古今樂錄橫吹胡樂張騫入西域傳其法於長安李延年因之更造新聲後漢以給邊將萬人將軍得之有黃鵠隴頭出塞入塞等十曲見班超傳注杜子美閣夜詩五更鼓角聲悲壯又詩萬方聲一槩吾道竟何之

自興國往筠宿石田驛南廿五里野人舍

谿上青山三百疊。快馬輕衫來一抹。倚山修竹有人家。横道清泉知我渴。芒鞋竹杖自輕軟。蒲薦松牀亦香滑。夜深風露滿中庭。惟有孤螢自開闔。

將至筠先寄遲适遠三猶子

露宿風飡六百里。明朝飲馬南江水。未見豐盈犀角兒。先逢玉雪王郎子。（公自注時道逢王郎於建昌方北行也）對牀欲作連夜語。念汝還須戴星起。夜來夢見小於菟。（公自注遠小名虎兒）猶是髧髦垂兩耳。憶過濟南春未動。三子出迎殘雪裏。我時移守古河東。酒肉淋漓渾舍喜。而今憔悴一羸馬。逆旅擔夫相汝爾。出城見我定驚嗟。身健窮愁不須恥。我爲廼翁留十日。挈竈一歡何足恃。惟當火急作新詩。一醉兩翁勝酒美。

露宿字出趙壹傳已見鮑明遠升天行風飡委松柏雲臥恣天行左傳宣十二年將飲馬于河而歸詩國風髧彼兩髦揚雄方言周晉秦隴閒謂父曰翁

端午游眞如遲适遠從子由在酒局

一與子由別。卻數七端午。身隨綵絲繫。心與昌歜苦。今年疋馬來。佳節日夜數。兒童喜我至。典衣具雞黍。水餅旣懷鄉。飯筒仍愍楚。謂言必一醉。快作西川語。寧知是官身。糟麴困熏煮。獨攜三子出。古刹訪禪祖。高談付梁羅。公自注梁羅遲适小名也詩律到阿虎。歸來一調笑。慰此長齟齬。

周處風土記仲夏端午烹鶩角黍注云端始也謂五月五日風俗通五月五日以五綵絲繫臂者辟兵及鬼令人不病温左傳僖三十年王使周公閱來聘饗有昌歜杜預曰菖蒲葅也按世俗端午以菖蒲泛酒飲之歲時記及玉燭寶典諸書皆不載未詳所自宋玉九辯圓鑿而方枘兮吾固知鉏鋙而難入

別子由三首兼別遲

宿守都梁得東平康師孟元祐二年三月刻二蘇公所與九帖於洛陽坡書別子由第二詩而題其後云元豐七年余自黃遷汝往別子由於筠作數詩留別此其一也其後雖不過洛而此意未忘因康君郎中歸洛書以贈之元祐元年三月十日軾書

知君念我欲別難。我今此別非他日。風裏楊花雖未定。雨中荷葉終不濕。三年磨我費百書。一見何止得雙璧。願君亦莫歎留滯。六十小劫風雨疾。

漢司馬遷傳天子始建漢家之封大史公留滯周南不得與從事發憤且卒法華經日月燈明佛說大乘經六十小劫不起于座

先君昔愛洛城居。我今亦過嵩山麓。水南卜宅一作築吾豈敢試向伊川買修竹。又聞緱山好泉眼。傍市穿林瀉冰玉。遙想一作想見茅軒一作簷照水開。兩翁相對清如鵠。

子由卜居賦序昔余先君以布衣宦學四方嘗過洛陽愛其山川慨然有卜居意而貧不能遂唐溫造隱居洛水之南烏重胤辟河陽幕韓愈詩曰水南山人又繼往車馬僕從塞閭里唐地理志河南府本洛州有川三十九其一曰伊川又河南緱氏有仙人洞

兩翁歸隱非難事。惟要傳家好兒子。憶昔汝翁如汝長。筆頭一落三千字。世人聞此皆大笑。慎勿生兒兩翁似。不知樗櫟薦明堂。何似鹽車壓千里。

後漢鄭玄傳以書戒子益恩曰案之禮典便合傳家晉宣穆張后傳帝曰老物不足惜慮困我好兒

初别子由至奉新作

雙鵲先我來。飛上東軒背。書隨好夢到。人與佳節會。一歡難把玩。回首了無在。卻渡來時谿。斷橋號淺瀨。茫茫暑天闊。藹藹孤城背。青山眊矂中。落日凄涼外。盛衰豈吾意。離合非所礙。何以解我憂。麤了一事大。

施註蘇詩卷之二十

傳古樓景印